Hanne Wagner-Hosch
Ein altes Storchenpaar auf Reisen

Hanne Wagner-Hosch

Ein altes
Storchenpaar
auf
Reisen

Impressum

© Hanne Wagner-Hosch

Herstellung und Verlag: Books on Demand GmbH, Norderstedt

Satz und Umschlaggestaltung: laudatio* – Buch & Manuskriptservice, Frankfurt, mail.laudatio@gmx.de

Titelillustration: Ursula Seydel

ISBN 978-3-8334-8388-2

Inhaltsverzeichnis

Einleitung

„Alles ist relativ" hat einmal ein kluger Mensch gesagt, und gleich hier wird dem Leser klar, dass es mit unserem Wissen nicht mehr zum Besten steht, wenn man noch nicht einmal weiß, *wer* das gesagt hat. In solchen Fällen schiebt man sein Alter vor, und um es deutlich zu sagen, wir – das alte Storchenpaar, Gerd und ich – sind „um die achtzig herum": er etwas mehr, ich um einen Hauch weniger.

Er ist ein typischer Deutscher, in dessen Adern hessisches und ostpreußisches Blut sich dergestalt gemischt hat, dass das hessische Blut dem ostpreußischen kläglich unterlag, und er komplizierte dies alles noch damit, dass er 1951 dem Nachkriegsdeutschland den Rücken kehrte, und eine Chance ergriff, um in Australien sein Leben neu zu gestalten und auch die Staatsbürgerschaft seines neuen Heimatlandes anzunehmen.

Wer mit siebenundzwanzig Jahren, in jenen Zeiten, nach einem mörderischen Krieg, Deutschland verließ, musste kein Abenteurer sein. Für viele Leute aus dem Osten, die damals wieder ganz von vorne anfangen mussten, war es das, was man heute einen „Sechser mit Zusatzzahl" nennen würde, wenn man die Gelegenheit eines Neuanfangs in einem fernen, unbekannten Kontinent bekam. (Für alle, die es nicht kennen, gibt mein Buch *Zwischen Elch und Känguru*, ISBN 3-8334-1164-3, erschienen bei *Books on Demand*, einen umfassenden Einblick.)

Ich dagegen hatte mein Leben immer nur im deutschen Heimatland verbracht, ohne die Chance zu bekommen, nach dem katastrophalen Kriegsende in mein Traumland Argentinien auswandern zu können. Dass ich einen solchen Schritt ernsthaft vorhatte, dafür steht der Beweis, dass ich bereits 1944 damit begonnen hatte spanisch zu lernen – und das, obgleich ich alles andere als ein Sprachtalent bin.– In dem Buch meines Lebens war es anders festgelegt. Ein relativ normales Alltagsleben im Nachkriegsdeutschland war offenbar für mich bestimmt, bis auch mir ab 1985 vom Schicksal einiges zugemutet wurde, was nicht unbedingt „normal" war. (Für alle, die es nicht kennen gibt mein Buch *Licht am Ende des Tunnels*, ISBN 3-00-008328-6, erschienen beim *Amthor* Verlag einen umfassenden Einblick.) So weit die Einführung für alle Leser, die uns, das "alte Storchenpaar" nicht so ganz genau kennen, nun aber hoffentlich neugierig geworden sind.

Nov./Dez. 2005

Fliegen - oder nicht Fliegen?

Das Jahr 2005 neigt sich langsam seinem Ende zu. Gerd und ich hatten die Sommermonate wieder in Beckerwitz bei Wismar, an der schönen Ostsee verbracht. Im eigenen Appartement lässt es sich immer trefflich leben, dort ist man zu Hause, dort steht alles an seinem Platz, dort kennt man seine Nachbarn, seine Händler, und dort spricht man deutsch. Das Gleiche gilt für unser ebenfalls eigenes Appartement in Oberursel, der hübschen kleinen Stadt am Fuße des Taunus.

In den Wintermonaten Dezember bis März allerdings können diese beiden festen Domizile nicht mit unserem dritten „Standbein", dem sonnigen, sommerlichen Perth in Westaustralien konkurrieren. Dorthin zieht es Gerd und mich, wenn die Tage in Deutschland länger und kälter werden, wenn man stets und ständig schon monatelang vor dem Fest mit Weihnachten konfrontiert wird, und ganz besonders dann, wenn man bereits morgens im Radio die endlosen Verkehrsnachrichten anhören muss, die von Unfällen berichten, weil die Autofahrer zu träge waren, Winterreifen aufzuziehen.

Spätestens Anfang Dezember kommt dann seit sechs Jahren die Frage auf:

„Sag mal, was ist eigentlich dieses Jahr angesagt? – Wollen, beziehungsweise müssen wir uns den deutschen Winter in diesem Jahr zumuten, oder „ermannen" wir uns noch einmal und treffen Vorkehrungen für die Reise in den 'fünften Kontinent'?"

Seit 2002 sind Gerd und ich ein amtlich bestätigtes Ehepaar, nachdem wir vorher bereits länger als drei Jahre als Lebenspartner zusammengelebt haben. Diese in Australien geschlossene Ehe bescherte Gerd die Daueraufenthaltsgenehmigung in Deutschland, denn so weit waren wir uns einig, wenn wir einmal nicht mehr reisen können, wollen wir beide unseren letzten Wohnsitz in Deutschland haben und unsere letzte Ruhe in der deutschen Ostsee finden.

Dies alles änderte aber nichts daran, dass wir immer wieder im November mit der Entscheidung konfrontiert waren:

„Fliegen oder nicht Fliegen – das ist hier die Frage!"

In den Novembertagen des Jahres 2005 war es für uns zum ersten Mal fraglich, ob wir reisen sollten. Denn im Oktober war für Gerd und im November für mich die Operation beider Augen geplant – und auch durchgeführt worden – um endlich den *Grauen Star* loszuwerden. Nachdem wir danach beide feststellten, dass wir sehen können „wie die Falken", entschlossen wir uns, noch einmal den „Storchenflug" in warme Gefilde zu wagen. Denn wer bereits vor der Wintersonnnenwende am 21. Dezember die Kälte in den alten Knochen spürt, ständig gefragt wird, ob man denn schon gegen die Grippe geimpft wurde, und sich vor dem Gang in die Stadt anziehen muss wie ein Eskimo (und wehe man vergisst den Schirm!), den müsste man in die Psychiatrie schicken, wenn er die sich ihm bietende Gelegenheit in zwanzig Stunden im verlockendsten Sommer dieser Welt zu sein, in den Wind schlägt.

Nach sechs Besuchen in Perth kann ich heute behaupten, ich kenne mich einigermaßen aus. Und das will etwas heißen, denn in Deutschland würde ich Ziele in fremden Städten auf das kläglichste ohne mein Navigationssystem in meinem Auto verfehlen. In Perth fährt Gerd den Wagen, den wir am Tag der Ankunft bei Budget am Flughafen abholen können, weil wir ihn zwei Tage vor dem Abflug telefonisch bei *Anne* bestellt haben. So ist das hier, in Perth, man nennt sich und andere beim Vornamen, und *Anne* ist schon seit Jahren am *Budget*-Schalter am Airport. Sie strahlt schon von weitem, als wir mit unserem hochbepackten Kofferwagen auf ihren Schalter zugehen, denn sie hat ja auf uns gewartet, weil wir mit diesem Flug *Brunei-Perth* bei ihr avisiert waren. Sie begrüßt uns wie alte Freunde, obgleich wir uns immer nur bei der Ankunft sehen. Sie begleitet uns zum silbrig, himmelblau schimmernden *Hyundai*, hilft beim einladen, und nimmt den leeren Rollwagen wieder mit zurück. Gerd setzt sich auf die rechte Seite des Autos, ich setze mich links daneben und murmele:

„Schau mal, hier fehlt das Lenkrad!"
Gerd verzieht nur anstandshalber das Gesicht, denn diesen „Witz" mache ich alljährlich. Während er den Schlüssel umdreht und langsam auf der linken Straßenseite losfährt, konzentriert die Ausgangswege aus dem Parkplatz des Flughafens suchend, um dann sicher und zügig die altbekannten Straßen zu befahren, in der Stadt, die über zwanzig Jahre seine Heimatstadt war, nachdem er Melbourne 1978 verlassen hatte, stelle ich die Frage:

„Auf welchen Namen läuft der Wagen eigentlich?"

„Auf Deinen, natürlich! Ich habe doch momentan keinen gültigen Führerschein, das weißt Du doch!"

Ich nicke und gedenke dankbar der diesbezüglichen Gesetze meines deutschen Heimatlandes, in dem man mit achtzehn seinen Führerschein machen kann und kurz vor dem Ableben mit diesem Ausweis noch immer berechtigt ist, die vollgestopften Straßen zu befahren, wenn auch kein Mensch das vor sechzig Jahren entstandene Passbild mehr erkennen kann, und bei Frauen sich der Name womöglich einige Male geändert hat. Insofern ist es gut, dass der Mädchenname wenigstens bis zum Tode erhalten bleibt.

Anders hier, in Australien, und nochmals anders in den diversen Ländern dieses Kontinents. Hier in *WA* gilt die Regel: Ab dem 70. Lebensjahr müssen Autofahrer alle drei Jahre ihren Führerschein erneuern lassen, nachdem sie von einem Arzt die Bestätigung erbracht haben, dass sie fahrtüchtig sind. Ab dem 75. Lebensjahr verlangt man die Prozedur nach zwei Jahren, und ab dem 80. gar alljährlich. Wenn dies auch in den verschiedenen Staaten des Kontinentes etwas abweichend ist, man will nur grundsätzlich die „Alten" immer im Auge behalten. Für Ausländer wie mich ist hier ein Internationaler Führerschein nötig, den ich im letzten Jahr auf dem Landratsamt in Bad Homburg erhalten habe, und der drei Jahre gilt. Auch in dieser Beziehung ist Deutschland kulanter, Gerd benötigt keinen *Internationalen*, um in Deutschland „herumzugurken".

Ich schaue aus dem Fenster, sehe die bekannten Stadtteile, die Straßen, den guten alten *Swan River*, die Abzweigungen, die übersichtlich gekennzeichnet sind, und stelle zum wiederholten Mal fest, dass ich völlig entspannt neben meinem Fahrer sitze, und keinesfalls, wie in Deutschland, mit schweißnassen Händen, wenn Gerd am Steuer ist. Er fährt entspannt, gewohnheitsmäßig, wie in den vielen Jahrzehnten seines Lebens auf der linken Straßenseite, er ist hier zu Hause, ohne dass es ihm bewusst ist, denn wenn dieses Thema angeschnitten wird, betont er neuerdings, dass er sich in Deutschland zu Hause fühle. Ich denke, er ist überall zu Hause, denn er ist und bleibt ein Wanderer zwischen zwei Welten, wobei die australische Welt ihm mehr als fünfzig Jahre Heimat war, und wenn dies in den aktivsten Jahren eines Lebens der Fall ist, dann prägt das den Menschen.

Ich sitze nachdenklich neben ihm, denn in diesem Jahr war alles etwas schwieriger, irgendwie ein bisschen anders als die Jahre zuvor. Gerds alter Bekannter *Michael Hoad*, ein Makler im Stadtteil *Subiaco* hatte alle die Jahre zuvor ein möbliertes Appartement für uns gesucht und gefunden, und wir hatten bereits einige Tage vor dem Abflug aus Deutschland klipp und klar gewusst, in welchem Stadtteil, in welcher Straße wir in den nächsten Monaten leben würden. Nicht so in diesem Jahr. Michael hatte keine Angebote hereinbekommen, und die Appartements, die angeboten wurden, waren entweder nicht möbliert oder die Besitzer wollten mindestens für ein halbes Jahr vermieten. Wir hatten, – langsam nervös geworden – *Celia*, unsere junge Freundin in *Fremantle* angerufen, die sich umgehend bemühte, uns zu helfen. *Celia* hatte *Val Newman* ausfindig gemacht, die in ihrem Haus in

Fremantle Fremdenzimmer vermietet, und den Gästen Frühstück reicht, was hier in Australien unter dem Angebot: *"Bed and Breakfast"* zu finden ist. Neben diesem Job vermittelt sie möblierte Appartements, und wir hatten einen Tag vor unserem Abflug von ihr eine etwas undurchsichtige Mail bekommen, dass sie uns erst einmal bei sich unterbringen könne, aber wahrscheinlich schon wenige Tage später uns ein möbliertes Appartement vermitteln wolle. Wir sollten nach der Landung erst einmal zu ihr kommen, dann würde sich alles finden.

„Na also!" hatte Gerd gesagt, und damit waren alle Unterkunftsfragen für ihn und seinen einzigen Koffer gelöst.

„Was heißt hier na also! Mein Bauchgefühl sagt mir, dass wir diesmal Probleme haben werden!" konterte ich.

„Du und Dein Bauchgefühl! Was willst Du denn, wir übernehmen am Flugplatz unser Auto und fahren zu *Val Newman* in die *South Terrace* in *Fremantle*. Dort hören wir, wo sie uns für eine oder einige Nächte unterbringt, und alles andere ergibt sich dann von selbst. Erst einmal haben wir ein Bett, und am anderen Tag sogar Frühstück."

Während ich die bekannten Stadtteile meiner Lieblingsstadt an mir vorbeifliegen sehe, denke ich an diesen Dialog, der mich noch am Morgen des Abflugtages derart konfus gemacht, und verwirrt hatte, dass ich nahe daran war, die ganze

Reise kurzfristig abzublasen. Wer Gerds Leben kennt, oder zumindest mein Buch, in dem ich sein Leben beschreibe, der begreift es vielleicht gar nicht, dass wir beide letzten Endes doch recht gut zueinander passen. Hat er doch die Gottesgabe, alles so zu nehmen, wie es ist, und sei es noch so neu und eigenwillig. Mir, im Gegensatz zu ihm, kommt meine etwas festgezurrte Erziehung immer wieder in die Quere, die Dinge außerhalb der Normalität meistens als äußerst fragwürdig einzustufen. In meinem Leben rangierte stets die Sicherheit an erster Stelle, die man nur durch Vorsorge erreichen kann, wie mir das in meinem Elternhaus beigebracht wurde, in dem die Regeln des Gesetzes durch meinen Vater, den Anwalt, umgesetzt wurden. Und vielleicht sind wir deshalb – wegen unserer verschiedenen Auffassungen – ein sich gut ergänzendes Paar.

„Schau mal nach den Hausnummern, damit wir, – Moment mal – dort drüben, das Eckhaus ist es, da steht es an: *bed and breakfast*, ich muss da vorne wenden!"

Gerd war ganz in seinem Element. Wir klingeln und ein stämmiger Mann steht vor uns:

„*Hi! Haaaa yu?*" Was so viel heißen soll wie „Hallo, how are you?" Ich halte mich zurück, während Gerd in einem Mittelding zwischen englisch und australisch das Gespräch führt, und aus der Zimmertür eine etwa fünfzigjährige, proper gewachsene Frau erscheint, und sofort ihr Angebot auf den Punkt bringt. Sie hat für genau eine

Woche in einem Appartementhaus, ihrem Haus schräg gegenüber, für uns das Appartement *Nr. 58* gemietet, zum Preis von *A$ 720.-*, was nach meiner schnellen Rechnung über den Daumen etwa € *310.-* in der Woche oder etwa € *45.-* am Tag kosten wird. Wir erhalten vorbehaltlos den Schlüssel, nachdem uns *Val* das Versprechen abgenommen hat, ihr am nächsten Tag unseren Scheck ins Büro zu bringen.

Wir fahren die wenigen Meter bis zur *Jenkin Street*, und stehen vor einem Schmiedeeisentor, das sich leise und vornehm öffnet, als Gerd die am Schlüsselbund hängende weiße Plastikkarte an den Sensor des Pfostens hält.. Wir parken auf der Nummer *58*, und ich nehme aus dem Koffer ein paar Sachen mit, die ich zu benötigen glaube. Gerd greift einfach nach seinem einzigen Koffer, in dem alles, was er für Tage, Wochen und Monate braucht vorhanden ist. Währenddessen fingere ich noch immer zwischen Shorts und Pullis herum, die ich in meinen Rucksack stopfe, ihn über die Schulter hänge und in der einbrechenden schnellen Dämmerung über den Parkplatz laufe. Ich steige die schmale Hintertreppe hoch und stelle fest, dass übergewichtige Menschen hier wohl mit dem Aufstieg Schwierigkeiten haben. Gerd hat vor der Tür auf mich gewartet, schließt auf, drückt auf den Lichtschalter und stellt lakonisch fest:

„*Der* funktioniert nicht, sieh mal weiter vorne nach, ob da noch ein Schalter ist!"

Und als ich erfolgreich bin, meint er:

„Na also, es klappt doch!" – was immer er damit auch sagen wollte.

Ich packe im Schlafzimmer aus, gehe ins Bad, bin zufrieden mit der großen Dusche, der Badewanne unter dem Fenster, öffne die Schiebetür und stehe im WC, öffne die gegenüberliegende Schiebetür und stehe in einem winzigen Raum, in dem ein Trockner über der Waschmaschine angebracht ist. Von da aus geht es in die Küche, deren Schränke spärlich, aber für uns ausreichend mit Geschirr bestückt sind. Für heute benötigen wir ohnehin nichts mehr, denn im Flugzeug hatte man uns ständig etwas zum essen und trinken angeboten. Wir lassen uns auf das Sofa fallen, und hantieren an der Fernbedienung des Fernsehers herum. Und dann ist alles, wie wir es seit vielen Jahren kennen: Auf den fünf Kanälen unterbricht die Werbung alle zehn Minuten die teilweise albernen Sendungen, denen ich, mit meinem normalen Schulenglisch ohnehin nicht folgen kann, denn *australisches* Englisch ist selbst Gerd in den ersten Tagen immer etwas unverständlich, bis er sich wieder an diesen Dialekt gewöhnt hat. Wir schalten ab, duschen und gehen ins Bett.

Am nächsten Morgen beschließen wir, in dem Café gegenüber zu frühstücken.

„Sorry, It's closed, – only weekends it is opened in the morning!".

Da es noch kein "weekend" ist, gehen wir die Straße entlang, sehen ein Café, das offensichtlich gut besucht ist, denn weder draußen noch drinnen sehen wir einen freien Tisch. Ich werfe einen Blick auf die Theke, aber was da angeboten wird, entspricht nicht im entferntesten dem, was ich unter einem morgendlichen Frühstück verstehe.

„Komm, *das* ist nichts für uns!" sagt Gerd, noch bevor ich mich geäußert habe.

Ratlos steht er neben mir, während ich auf der gegenüberliegenden Straßenseite einen kleinen Laden entdecke.

„Komm, lass uns mal lieber unser Frühstück selbst zusammenstellen und im Appartement einnehmen."

Ich überquere die Straße, nehme mir einen Einkaufskorb und fülle ihn mit Orangensaft, Butter, Brötchen, Marmelade, Eier, Milch, Kaffee, Wurst und Käse. Ich sehe mich nach Gerd um, und laufe sofort zu ihm, denn er lehnt etwas blass und mit einem für ihn unüblichen, verunsicherten Blick an der Wand, direkt am Eingang.

„Was ist denn, geht es Dir nicht gut?"

Sofort bricht die Panik bei mir aus, ein Überbleibsel des letzten Jahres, als er einen leichten Schlaganfall erlitten hatte, den er aber nachweislich innerhalb vierundzwanzig Stunden, ohne alle Nachwehen, bestens überstanden hat. „Mir ist ein bisschen schwindelig!" Alle Alarmglocken beginnen bei mir zu läuten! Ich bezahle so schnell wie möglich, nehme ihn am Arm und wir gehen die wenigen Schritte zurück in unser Appartement.

„So, leg Dich aufs Bett, ich koche einen starken Kaffee und dann frühstücken wir, genau wie zu Hause, mit Eiern und allem drum und dran."

Es ist bereits gegen Mittag, als Gerd, der nach dem Frühstück wieder fit und aufnahmefähig wurde, in *Val Newmans* Büro den Scheck ausfüllt, ihr erzählt, dass der Lichtschalter nicht funktioniert, und erfragt, wie es denn in einer Woche weitergehen wird. Die offensichtlich durch nichts zu erschütternde, wohlproportionierte Frau hinter dem Schreibtisch, an deren Händen ich sieben mehr oder minder dicke, silber- und goldfarbige Ringe mit glitzernden, bunten Steinen betrachte, macht ein Habacht-Gesicht und hat ein befriedigtes Lächeln um den Mund, bevor sie voller Stolz erklärt, dass sie ein Appartement im Stadtteil *Attadale* gefunden habe.

„It is a beautiful one, near the river!" Sie schwärmt von der guten Gegend, wo die reichen Leute wohnen, und von dem herrlichen Fußweg am Rande des *Swan River. A$ 450.-* soll diese Behausung in der Woche kosten, und das sei bei den eminent gestiegenen Preisen in Australien im allgemeinen, und nun zur Hauptsaison im besonderen, wirklich ein Schnäppchen. Wir hören zu, mir fällt ein Stein vom Herzen, denn ich brauche Sicherheit in meinem Leben, und ganz besonders in diesem, meinem etwas fortgeschrittenen Alter, und da feilsche ich nicht um fünfzig Dollar. Unsere Geldangelegenheiten sind stets bestens gelöst. Ich übernehme die Kosten des Appartements in Australien, Gerd die des Autos und des Benzins. Im übrigen leben wir hier in Australien von dem Geld auf seinem Konto, und damit zahlt er die Kosten seines Fluges ab, die ich in Deutschland für uns beide in Euro gezahlt habe.

Wir entschließen uns, Celia zu besuchen, unsere Retterin in der Not, die uns in den letzten Tagen vor dem Abflug in Deutschland die Verbindung mit Val Newman beschert hatte. Und die heute, zu Weihnachten, Besuch hat von ihrer Tochter Kate und ihrem Schwiegersohn *Gerhard Schröder*, – ja, so heißt der Mann wirklich! Seit drei Jahren arbeitet er, – ein Deutscher – an der Universität in *Camberra*, wo er Kate kennen gelernt, und sie im vergangenen Jahr geheiratet hatte. Wir wussten es schon von Celia, dass sie im Mai 2006 *grandmother* würde, und nun hörten wir, dass die junge Familie Schröder im September nach Deutschland ziehen wolle, da Gerhard an der Universität Erlangen eine interessante Stelle angeboten wurde. Sowohl Kate als Celia hatten offensichtlich bereits angefangen, sich mit der deutschen Sprache zu beschäftigen, denn ab und zu werfen Mutter oder Tochter einmal einen deutschen Satz in unser Gespräch. Für Celia steht es bombenfest, *sie* feiert das nächste Weihnachtsfest in Erlangen.

Die vergangenen Tage sind zwar sonnig, aber es weht ein kalter Wind, der am *beach* den Sand umherwirbelt. Alles scheint auf dem Kopf zu stehen; sowohl im Osten Australiens, besonders in der Metropole Sydney, sowie in Victoria, dem „kühlen Süden", rund um Melbourne klettert das Thermometer auf 38 Grad. In Perth, der ewig sonnigen Hauptstadt Westaustraliens finden *wir* zwar die 22 bis 24 Grad sehr angenehm, aber der kalte Wind ist befremdlich und die hier lebenden Einwohner schütteln den Kopf über diese Possen der Natur, zumal die vergangenen Wintermonate Juni, Juli, August und September kälter gewesen seien, als je zuvor.

Wir melden uns telefonisch bei Rosemarie und Hugh in *Kalamunda*, erzählen, dass wir diesmal erst am 21.12. hier angekommen sind, und werden prompt – wie alle Jahre – zum ersten Weihnachtsfeiertag eingeladen, zum traditionellen *lunch*. Es ist wie immer, beinahe so, als ob wir zur Familie gehörten. Die beiden Alten sind mit ihren 81 und 84 Jahren noch sehr fidel, wenn Hugh auch offensichtlich noch dünner geworden ist, und noch ein bisschen unsicherer auf den Füßen. Wie immer sitzen wir auf der altmodischen Veranda, auf die im Laufe des Nachmittags die Sonne vom Westen her heiß auf unsere Beine und Arme brennt, so dass wir die Haut schleunigst mit einem Schal abdecken. Wie immer kommen die *Magpies* angeflogen, erwarten von Rosemarie gefüttert zu werden, und diesmal erscheinen sogar zwei ihrer Hühner, die durch die Küche und das Wohnzimmer gelaufen sind, als ob dies das Normalste der Welt sei.

Am Abend überrascht uns das Fernsehen mit einem hervorragenden Programm. Aus Sydney wird ein australisches *Tattoo* übertragen, wie wir es aus allen Jahren früher nur als Übertragung aus Edinbourgh in England kennen. Einige Tage später wird dann das „echte", das originale *Tattoo* aus Edinburgh übertragen, das wir seit Jahren kennen und genießen, und beide Vorstellungen zeigen in absoluter Präzision die Vereinigung zwischen militärischem Drill und musikalischer Effizienz. Wir bestaunen die vielen Gastgruppen, die aus Europa und aus aller Welt ihre militärisch präzisen Vorführungen fehlerlos darbringen, und bedauern, dass den Fernsehzuschauern in Deutschland eine solche Übertragung noch nie geboten wurde. Ein solcher Augenschmaus sollte vielleicht in den Staaten Europas zum Jahreswechsel zu einem festen Bestandteil werden, ähnlich dem *dinner for one*, das auch schon jahrzehntelang, offensichtlich weltweit alljährlich seine Zuschauer findet, auch hier in Australien.

Am 27.12.06 müssen wir unser Appartement verlassen, holen uns den Schlüssel zum neuen Appartement bei Val Newman ab, und fahren in den Stadtteil *Attadale*, über *Melville* kerzengerade auf dem *Canning Highway*. Wir müssen nur noch die Hausnummer *578* finden und dort in den Hof fahren. Gerd steuert seinen *Himmelblauen* auf den überdachten Parkplatz *3*, bevor wir dann mit

Sack und Pack in das dazugehörige Appartement
Nr. 3 einziehen.

„Jetzt muss ich erst einmal inspizieren," meine
ich, werfe einen Blick auf den Kühl- und Tief-
kühlschrank, direkt neben der Eingangstür, über-
fliege mit den Augen die kleine, sehr dunkle
Küche, schalte das elektrische Licht an und
sofort fällt mir ein Geschirrregal auf, in dem
weißes viereckiges Essgeschirr steht, von dem wir
nun in den nächsten Monaten essen müssen. Ich
gehe durch das dunkelgestrichene, große Zimmer, in dem Ess- und Wohnraum vereinigt sind,
und lasse mich zur Probe in den Sitz der
Polstergruppe fallen, die vor dem Fernseher
steht. In der Zwischenzeit hat Gerd die Tür zu
dem großen Freigartensitz geöffnet, der mit einer
Sonnenblende überdacht ist. Ein großer, dunkel-
brauner Holztisch, um den vier passende Holz-
stühle stehen verspricht uns viele Stunden in der
frischen Luft, und wir beschließen sofort, stets
unser Frühstück und das Mittagessen hier ein-
zunehmen. Wir wuchten unsere Koffer in den
ersten Stock, schauen befriedigt auf ein blüten-
weiß bezogenes Doppelbett in einem riesigen
Zimmer, an das ein Balkon grenzt. Ein Wäsche-
gestell steht in der Ecke. Das kleine Gästezimmer
weist zwei frisch bezogene Betten auf, die durch
einem Nachttisch getrennt sind, und damit ist die
Möblierung beendet. Der Duschraum ist muse-
umsreif. Raum ist zwar genug in dem verglasten
Viereck, sogar notfalls für zwei Leute, aber die

Konstruktion der Dusche erinnert mich an die Zeichnungen auf der Saalburg, wo einst schon die alten Römer so modern waren, eine Wasserleitung zu legen. Ich stelle mich auf die Zehen, drehe fatalerweise an dem Duschkopf, und habe ihn sofort in der Hand, wobei ein schwarzer, knochenharter Ring auf den mit blauen Platten belegten Boden fällt. Ich vermute, dass dies vor Jahren einmal eine Dichtung war. Nachdem ich den Duschkopf wieder aufgeschraubt habe, wackelt er, wie ein Lämmerschwanz, hält sich aber tapfer. Am Abend werde ich mich mit diesem Ungetüm herumschlagen, werde erst einen Kälteschock, dann nahezu Verbrühungen erleiden, denn mit diesem Hebel unter der ewig hohen Dusche kann ich nichts anfangen, zumal auch aus dieser Öffnung jeweils extrem temperiertes Wasser fließt. Fassungslos ob dieses Unwissens erklärt mir dann Gerd, dass diese Dusche zwar alt, aber ihm, in ihrer Beschaffenheit, wohlbekannt sei. Sogleich erfolgt eine Gebrauchsanweisung:

„Du musst den unteren Hebel nach oben drehen, dann den linken, heißen und sofort dann den rechten, kalten Wasserhahn aufdrehen, bis Dir die Temperatur angenehm erscheint. So kannst Du endlos lange duschen, und am besten drehst Du beide Wasserhähne gemeinsam zu, wenn Du fertig bist; das ist doch ganz einfach!"

Irgendwie erinnere ich mich plötzlich an *Mike Krüger*, unseren Blödelbarden in Deutschland, und sein Lied: „*Man muss doch nur den Nippel durch die Lasche ziehn...*". Ich schüttele den Kopf und nehme mich zusammen, denn Gerd würde meine Gedankengänge nicht verstehen, – weil er Mike Krügers Gesänge nicht kennt. Kopfnickend wiederhole ich seine Anweisungen und so mache ich es seither, und siehe da, es funktioniert. Man muss offenbar Jahrzehnte seines Lebens in diesem Kontinent verbracht haben, um auch heute noch mit den "Reliquien" der vergangenen Jahrzehnte vertraut umgehen zu können. Und genau hier schleicht sich bei mir der Gedanke ein, dass mein australischer Ehemann in fünfzig "Gründerjahren", hier im fünften Kontinent ein umfassendes Wissen erlangt hat, was die elementarsten Lebensbedingungen betrifft. Ganz anders sieht es meines Wissens wiederum mit Computer, Videorekorder, Handys und Fernsehgrößen aus, auch wenn er das Gegenteil diesbezüglich fest und steif behauptet:

„Dieses neumodische Zeug braucht kein Mensch!"

Wir haben unser Appartement bezogen, ich habe entsetzt festgestellt, dass es keine Spülmaschine gibt, nur einen großen, einen mittelgroßen und einen kleinen Topf, sowie eine große und eine winzige beschichtete Bratpfanne. Seufzend stelle ich mich für die nächsten drei Monate auf ein biwakähnliches Kochen ein, und bin voller Neugierde, welche Ergebnisse die mindestens fünfzehn Jahr alte Waschmaschine bringen wird.

Wenig später weiß ich es, als ich die zwar sauberen Handtücher heraushole, die aber, nachdem sie trocken sind, getrost allein auf dem etwas ramponierten Badezimmerboden stehen könnten ohne in sich zusammen zu fallen.

Weichspüler schreibe ich auf den Einkaufszettel, und ein Schuss davon, am nächsten Waschtag, aus der neuerstandenen Flasche, zeigt die erwünschte Wirkung. Schon nach einer Woche muss ich gestehen, man *kann* auch primitiv leben, ohne zu verschlampen, es fällt aber einer verwöhnten Europäerin etwas schwerer, zurück zu stecken, besonders noch dann, wenn diese Behausung die bis jetzt teuerste ist, die wir je gemietet hatten. Ich erstehe beim nächsten Einkauf eine Reibe, einen Schöpflöffel, und sechs orangerote Plastikbecher, deren Niedrigpreis den Kaufausschlag gaben, denn von Zahngläsern hatten die Vermieter offensichtlich noch nichts gehört. Ich wundere mich auch, weshalb die Spiegel und Bilder überall im oberen Viertel des Raumes hängen, und nehme die beiden vorhandenen Spiegel im schweren braunen Holzrahmen vom Nagel, stelle einen im Schlafzimmer auf die Kommode und den anderen auf das kniehohe dreieckige Holztischchen am Ende der Treppe, und von nun an kann ich mich „zweigeteilt" begutachten. Dass diese Behausung so teuer ist, hat damit zu tun, dass innerhalb eines Jahres der Lebensstandard in Australien um 25 % gestiegen ist, sagt Mrs. Newman. Das stimmt zwar, aber die

Kaschemme ist auf alle Fälle zu teuer, wie wir später feststellen, beim studieren der Angebote in der Zeitung. Wir studieren die Angebote der Makler und müssen die Teuerung bezüglich der Immobilien voll bestätigen. Wir befragen uns entsprechend, und hören, dass auch die Gehälter gestiegen sind. Ich erschrecke ein bisschen wegen der Geschwindigkeit, mit der dieser Prozess hier voranschreitet. Sollte Australien wirtschaftlich den USA und den reichen, westlichen Ländern Europas folgen? So lange es nur wirtschaftlich geschieht, könnte man noch mit diesem Gedanken leben, aber in diesem Jahr fällt mir einiges auf. Da wird, zum Beispiel, im Fernsehen neuerdings mehr und mehr Werbung für einen australischen Nationalstolz gemacht. Ich denke mir mein Teil, denn als kurz hier lebende Ausländerin kann ich es nicht beurteilen, ob da in der Jugend so ein bisschen Aufmüpfigkeit gegen die alten Traditionen, gegen die ältere Generation aufgekommen ist, die man offensichtlich zurückdrängen will. Wir können auch nicht aufklären, was da Ende des vergangenen Monats in Sydney Aufsehen erregt hat, sogar bis nach Europa hin, als plötzlich am Strand eine aufsehenerregende Schlägerei stattfand zwischen jungen Australiern und Ausländern. Zu diesem Thema muss man wissen, dass dieser knapp 190 Jahre junge Kontinent seine zweiundzwanzig Millionen Einwohner seit Jahr und Tag in unzählige Rassen aller Länder und Kontinente einordnen muss. Bis jetzt gab es da keine Schwierigkeiten, aber ich werde den Verdacht nicht los, dass die in Afghanistan, im Irak und zwischen Palästinensern und Israelis schwelenden kriegerischen Maßnahmen nun ganz langsam auch in den Köpfen der Australier angekommen sind, und dass sich besonders die junge Bevölkerung dagegen wehren will, in diese Machtspiele einbezogen zu werden. Die Welt wird kleiner, die Flugzeuge größer, die Reise um die Welt wird kürzer, und von den Problemen unserer Erde wird niemand mehr ausgespart. Wir werden die Daumen drücken, dass die Menschen dieses Kontinents sich noch lange ihre persönliche Eigenständigkeit erhalten können. Dieser junge, unverbrauchte Kontinent, dessen Reichtum man nur erahnen kann, ist Heimat für zweiundzwanzig Millionen Einwohner, deren Eltern, Großeltern oder mittlerweile Urgroßeltern einst aus allen Teilen dieser Welt hier ankamen, um ein neues Leben zu beginnen. Sie haben, nach anfänglichen Schwierigkeiten, ihren Frieden geschlossen mit den Ureinwohnern, den *Aboriginals*, und alle haben begonnen, sich gegenseitig zu respektieren. Wir können nur wünschen, dass die Menschen dieses Kontinents mit den Füßen auf dem Boden bleiben, wie bisher. Die Regierenden sollten nicht müde werden, weiter darüber zu wachen, dass weder in der Politik, noch im Wirtschafts- oder Finanzbereich ungute "Viren" aus anderen Kontinenten durch die bislang so gut bewachten Grenzen schlüpfen.

Januar - März 2006

Was ist ein Hobo?

Der Himmel über Perth ist wieder blau, die Sonne scheint von morgens bis abends, und der Wind weht wieder so, wie wir es seit Jahren gewohnt sind, morgens leicht, und ab 12 Uhr mittags stärker. Der Sand ist heißer, als es die Fußsohlen ertragen und man beeilt sich, an das kühle Nass zu kommen. Die Wassertemperatur, die ich mit meinem Spezialthermometer messe, beträgt dort, wo die kleinen und größeren Kinder vergnügt mit Spielhose, Hemdchen und Sonnenhut im knietiefen Wasser herumplanschen und lustvolle Schreie ausstoßen 24 Grad. Etwas weiter hinten, wo wir mit unserer aus Deutschland mitgebrachten, neuen Taucherbrille altersbedingt unsere Strecke herunter schwimmen, und wo die Füße den Boden nicht mehr erreichen, zieht sich das Quecksilber auf 21-22 Grad zurück. Alles im grünen Bereich, wie wir meinen, denn wir sind von der Sonne herrlich aufgeheizt. Wir haben einen seit Jahren festgelegten Rhythmus beim Sonnenbaden: Eine Viertelstunde Sonne von vorne, eine Viertelstunde Sonne von hinten, eine Viertelstunde schwimmen, eine Viertelstunde zügig von der einen Buhne zur anderen, – etwa 1 km am heranrollenden Wasser entlang – marschieren, und dann zurück an die Stelle, wo die Kleider, die Tücher und die Taschen liegen, an der ständig Menschen vorbeidefilieren, die weder auf die Sonnenanbeter noch auf unsere alleingelassenen Klamotten und Taschen einen Blick verschwenden. Es ist immer eine ganze Stunde, die wir mehr oder weniger pedantisch genau hier verbringen, und auf diese Weise tun wir unserer Haut, unseren alten Knochen und Muskeln etwas Gutes. Bis 12 Uhr mittags wollen wir diesen Teil unseres Tages erledigt haben, bevor der Wind dreht, ein fast tägliches Naturereignis.

„*Dr. Fremantle* kommt", sagen die Einheimischen, und meinen damit den um die Mittagszeit aufkommenden Wind, der den immer höher werdenden Wellen kleine Kämmchen aufsetzt. Das ist dann die Zeit, in der wir, das *alte Storchenpaar* die *beach* den Jungen überlassen müssen, die noch fest auf ihren Füßen stehen und mit dem Anrollen und dem Zurückfluten der breiten Wellen noch keine Probleme haben.

„Ist es nicht erschreckend, was man im Laufe der Jahre *nicht* mehr kann?" Gerds blaue Augen schauen richtig deprimiert über das Wasser.

„Nicht, wenn man bedenkt, wie alt wir sind, und *was* wir noch können!"

Man muss ihn bei solchen Betrachtungen drastisch wieder auf den Boden der Tatsache stellen.

„*Mmh*! – Du hast ja recht! Viele Menschen unseres Alters sieht man hier nicht mehr, und die meisten sind nur Bewachung für die Enkel und Urenkel. Ich vergesse immer mein Alter und die Jahre, die so schnell vergangen sind."

„Lass mal, das geht mir ebenso! Wenn ich mein Sonnenbad mache und mich wie ein Walross schnaufend und ächzend im Sand umdrehe, möchte ich dauernd den Kopf schütteln, und wenn ich mich dann später erheben will, unter zur Hilfenahme von Händen und Knien; – diese Schau! Erst auf ein Knie, dann auf das andere und mit letzter Kraft hoch in den Stand – dabei spürt man dann seine Wirbelsäule und schüttelt erst einmal die Glieder aus – meinst Du, ich hätte mir eine solche Tortur vor fünf Jahren vorstellen können? Ich erinnere mich noch der staunenden Blicke meines Sohnes, vor genau zehn Jahren, als wir einmal in einem Doppelzimmer übernachteten, und ich am Morgen meine Übungen im Bett machte. Er versuchte es mir gleich zu tun, wobei er ächzte und stöhnte, und manches konnte er überhaupt nicht. Lieber Himmel, wie war ich stolz auf mich, aber davon ist auch nicht mehr viel übrig geblieben. Andererseits denke ich heute so oft an meine Oma, die 81 Jahre wurde und schon mit fünfzig in schwarzen oder grauen langen Kleidern herum lief, weil sie eine *Oma* war. Ich sehe sie immer noch an Opas Arm,

kerzengerade aber langsam und gravitätisch da-
hinschreiten, und höre noch, wie sie immer vom
Schwindel in ihrem Kopf sprach."

„Na, das muss Dir doch Auftrieb geben, Du
bist erst neunundsiebzig und schon seit einem
Jahr Urgroßmutter – und dafür bewegst Du Dich
noch ganz passabel – wobei die Sache mit dem
Schwindel?" Gerd versuchte ein unbeteiligtes Gesicht zu machen, aber um seinen Mund spielte
ein satanisches Grinsen.

„Du erwartest doch jetzt darauf keine Antwort, – oder?"

„Neieieieinnnn! – „Come on, – lets go!"

Wer beanstandet, dass Menschen, die mit englisch sprechenden Partnern oder Angehörigen zu
tun haben, ständig englische Brocken in ihre
Unterhaltung einbringen, und damit angeben
wollen, der irrt sich. Ich gebe zu, dass auch ich
solche Anschuldigungen früher losgelassen habe,
als ich noch „reindeutsch" verheiratet war, aber
nach der "Vollziehung" meiner zweiten "Partner-
verbindung", die dann in eine Mischehe mün-
dete, muss ich reuig zugeben, dass ich Unrecht
hatte. Gerd und ich haben es uns in Deutschland
sogar zur Regel gemacht, bis elf Uhr morgens nur
englisch zu reden, da ich der englischen Sprache
sonst zu sehr entwöhnt würde. Hier, in Australien reden wir normalerweise deutsch miteinander, wenn wir alleine sind, denn man hat im
Alltag ja genug Verbindung mit der englischen

Landessprache, beim Einkauf, in der Unterhaltung, beim Fernsehen, im Radio. Es ist nicht selten, dass sowohl Gerd, als auch nun ich in der einen oder anderen Sprache zu mischen beginne, wenn wir so schnell nicht das richtige Wort finden, – und schon gehört man ebenfalls zu den bescholtenen „denglisch redenden Angebern".

Täglich haben wir in den Briefkasten geschaut, ob von der Zulassungsbehörde für Kraftfahrzeuge eine Aufforderung angekommen ist, dass Gerd seinen neuen Führerschein abholen kann. In den ersten Januartagen war er bei *Toni*, seinem Doktor, der von den zu ihm strömenden Patienten völlig überfordert, ihn am liebsten wieder weggeschickt hätte. Da Gerd lernfähig ist, und sich in solchen Fällen meiner Mahnungen erinnert, dass man sich weder etwas aufzwingen lassen, noch sich den Wünschen anderer ständig beugen soll, blieb er hartnäckig und stur, und verlangte seine Untersuchung, und Toni war einsichtsvoll genug einzusehen, dass Gerd als Patient heute Vorrang haben muss, denn ohne gültigen Führerschein fahren, wie er dies nun schon einige Wochen demonstrierte, ist auch in Australien verboten und wird bestraft.

„Sag mal, Gerd, ich habe gestern dieses Thema bei Walter angeschnitten, als ich mit ihm telefonierte. Ich habe ihn, der ja nun schon fünfundachtzig ist, gefragt, wie lange sein Führerschein gültig ist. Da sagt der mir doch prompt, der gilt bis *2011*. Daraufhin habe ich ihm erzählt, dass Du hier, in Westaustralien, ab dem 80. Lebensjahr alljährlich erst zum Arzt musst und dann erst einen neuen Führerschein erhältst, aber nur für ein Jahr. Das war dem guten Walter ganz offensichtlich unbekannt, denn er meinte, im Staat Victoria seien die Regeln anders, und seit er in Melbourne lebe, also nun fast 57 Jahre, hätte sich da nichts geändert. Wieso sind denn die Westaustralier so pingelig, und wieso ist das überhaupt hier Ländersache? Wenn Du mich fragst, sage ich Dir, das ist nur Geldschneiderei; oder wollen sie die 'Ollen' von der Strasse haben?"

Natürlich hatte Gerd darauf auch keine Antwort, und so brummelte er nur etwas von „Behörden-terror", den man überall auf der Welt fände, und wenn mein Australier mit Dingen konfrontiert wird, die er nicht ändern kann, dann fällt dieses Thema ganz schnell unter den Tisch.

Und schon bin ich an dem Punkt angelangt, wo ich Deutschland im allgemeinen, und die sau-beren hessischen Städte am Fuße des Taunus im besonderen, vermisse, denn in ihnen leben viele liebe Menschen aller Altersstufen, aber besonders meine alten *ducks* wie Gerd wieder einmal in *denglisch* meine Freundinnen nennt, mit denen man über so vieles reden kann, was ihn nicht interessiert. Das ist dann der Moment, wo ich hier, in weiter Ferne, zum Telefon greife, soweit es die Zeitverschiebung von sieben Stunden zulässt, und wieder einmal so richtig ausgiebig telefoniere, erzähle, frage, zuhöre und dann befriedigt den Hörer auflege, wenn es sein muss nach einer Stunde, und in diesen Momenten spielt bei mir Geld keine Rolle, denn wie sagt der Hamburger: „*Wat mut dat mut*!". Und wenn ich dann aus weiter Ferne die Wetterberichte vernehme, wenn von 12 Grad minus die Rede ist, von Schnee und Eis, dann schaue ich dankbar durch die schmalen Ritze der Sonnenblenden, die hier tagsüber die größte Hitze abhalten. Das alte Storchenpaar genießt diese wohltuende Wärme noch einige Wochen im sommerlichen *Downunder*.

Als ich 26 Jahre alt war, hat mir die Mutter meines ersten Mannes erklärt, dass „man" spätestens ab diesem Alter einmal monatlich zur Kosmetikbehandlung gehen muss, wenn man „auf sich hält", wie sie es ausdrückte, und da man sich dieser Dame nur schwer widersetzen konnte, folgte ich ihrem Rat, und das bis heute, und muss sogar zugeben, dass es einer ihrer wenigen guten Ratschläge war. Wenn ich in den Spiegel sehe, könnte es natürlich sein, dass die kontinuierliche Gewöhnung dieses Anblicks eine Voreingenommenheit auslöst, aber selbst nachdem meine beiden Augen *star*operiert sind, stelle ich fest, dass ich mit anderen Damen meines Alters gerade noch mithalten kann. Ich weiß nicht, wie es anderen Leuten geht, aber der Arzt, der Zahnarzt, der Frisör- und der Kosmetiksalon, das sind schon immer feste Begriffe in meinem Leben gewesen, denn ich war ja ortsgebunden und hatte diesbezüglich niemals Probleme. Vor acht Jahren hat sich alles verändert. Ich habe einen *Storchenmann* und wir fliegen ständig zwischen drei „Schornsteinen" herum, die in der Sonne stehen und die alle so weit voneinander entfernt sind, dass man an jedem Ort seine ärztlichen Standpunkte fixieren muss, aber auch die der Schönheit dienenden Salons. Letzteres ist ein Problem in Perth, denn unser gemietetes Appartement befindet sich alljährlich in einem anderen Stadtteil. Zum Beispiel, den Kosmetiksalon in *Scarborough*, in dem ich im ersten Jahr gut bedient wurde, fand ich im nächsten Jahr als Bio-Kosmetiksalon, unter anderer Regie wieder, und war zunächst etwas kritisch. Mangels einer Alternative buchte ich, nachdem ich drei Mal langsam und kritisch durch die Scheiben sehend, daran vorbeigegangen war, dann doch eine Sitzung, und war am Ende mit dem Ergebnis ganz zufrieden. In den nächsten beiden Jahren, als wir in *Subiaco* und dann in *Shenton Park* wohnten, überließ ich mein Gesicht einer typischen Engländerin, die seit nahezu zwanzig Jahren in Subiaco, mitten in der City einen Kosmetiksalon unterhält, und die mich als einzige nicht mit "Hanna" ansprach, sondern mit *Mrs. Hosch* – eben *weil* sie eine Engländerin ist, und damit europäischen Respekt in der Rangordnung der Menschheit gewohnt ist! – und die im übrigen im kosmetischen Bereich alles so ähnlich machte, wie ich es bisher gewohnt war. Zu dem Thema *Mrs. Hosch*: Normalerweise sagt jeder Hanna zu mir, weil dies ein gängiger Name ist, im Gegensatz zu *Hanne*, und Daniela, unsere zauberhafte Landlady des vergangenen Jahres, in deren Appartement in Shenton Park wir uns so feudal aufgehoben fühlten, bleibt dabei, dass sie meinen Taufnamen Hannelore nicht verstümmeln will, *sie* findet ihn schön und rollt, als geborene Italienerin, das „*r*" meines Namens so richtig italienisch.

In diesem Jahr spielt offensichtlich das Schicksal seine Rolle, denn in der Etage des Büros unserer Appartementvermittlerin Val Newman befindet sich auch ein Raum, in dem Vals Tochter Krista als Kosmetikerin tätig ist, und das mitten in Fremantle, in der South Terrace, der Strasse, auf der wir täglich zur *beach* fahren. Vor zwei Wochen hatte ich bei Krista einen Kosmetiktermin gebucht, und heute fährt mich Gerd hin, um dann selbst einige Erledigungen zu machen, und mich dann später wieder abzuholen. In diesen neunzig Minuten erfahre ich staunend, was man unter dem bekannten Begriff „Kosmetikbehandlung" erleben kann: Die obligatorische, leise Musik begleitet mich, die ich in einen lindgrünen, federleichten Stoff gehüllt liege, aus dem nur meine "Büste" freigelegt ist. Zum ersten Mal bittet mich eine Kosmetikerin, meine kleinen Diamantstecker aus den Ohren zu nehmen! Wozu, denke ich, und erfahre es während der Behandlung. Man soll es nicht glauben, mit wie vielen herrlich duftenden, wohltuenden Flüssig- keiten mein Gesicht, meine Ohren, mein Kopf, mein Nacken, bis zum Rücken hinunter behan- delt werden. Abgelöst von heissen Tüchern, die von Krista routiniert auf das vermutlich ölige Oberteil meines Gesichtes und des Körpers gepresst werden, folgt dann eine noch nie erlebte Kopf-Nackenmassage, und letztendlich werden auch die Arme einbezogen. Ohne den herrlichen Duft, der mich umgibt, hätte ich gedacht, ich sei in der Praxis eines Chiropraktikers gelandet. Die anfänglich durch die Massage schmerzenden Punkte im Rücken und eigenartigerweise in der Mitte des Kopfes, lassen langsam nach, als wieder heiße Tücher aufgepresst werden. Flink und kompetent färbt Krista zum Abschluss die Au- genwimpern und Brauen, und draußen höre ich bereits Gerd im Gespräch mit Val Newman, die gedacht hatte, er wolle schon für den zweiten Monat bezahlen – ein Zeichen, dass sie ihn noch nicht richtig kennt! Val hatte nicht gewusst, dass ich bei Tochter Krista einen Termin hatte. Ich steige von meiner erhöhten Liege herunter, lasse den lindgrünen Umhang fallen und ziehe mich an, während ich in dem großen Spiegel mein Gesicht betrachte. Es ist typisch, aber auch zu dämlich: das erste was mir auffällt, ist die völlig zerzauste, ölige Frisur, so zu sagen das Negative. Dann aber studiere ich mein von der australischen Sonne braungebranntes, und von der Massage durchblutetes Gesicht, in dem die Augen durch die noch immer langen, nun frisch gefärbten, schwarzen Wimpern größer wirken. Vielleicht ist es ja auch nur der Spiegel, oder die Beleuchtung, dass ich mir so schön vorkomme, aber jedenfalls bin ich in Hochstimmung, versuche das Beste aus meinen Haaren zu machen und schreite erwartungsvoll, hocherhobenen Hauptes, ein leichtes Lächeln auf den glänzenden Lippen, wie man es bei den weltberühmten Filmdiven sieht, auf Gerd zu und erwarte seine Bewunderung:

„Na, bist Du fertig?"

Was habe ich denn erwartet?! –

Er steht vor mir, freundlich lächelnd, wie ein Vater, der seinen Zögling vom Kindergarten abholt und dabei seine Pflicht erfüllt, ohne zu bemerken, dass das Kind einen selbstgebastelten Federschmuck auf dem Kopf hat, mit dem es den Papi in Begeisterungsstürme versetzen will. Ich atme einmal kurz durch und verwandele mich wieder notgedrungen in die ihm genehme, ganz normale Person, die sich vor acht Jahren mit einem unemotionalen, pragmatischen "Baumenschen" zusammengetan hatte, und die gerade eine Kosmetikbehandlung hinter sich hat. Punkt! Aus! Und dennoch!: Trotz der mangelnden Kenntnisnahme meines Mannes gehe ich wie auf

Wolken aus dem Haus, steige in das Auto und beginne zu schwärmen, kaum dass Gerd den Motor angelassen hat. Ich möchte ihn teilhaben lassen an meiner Hochstimmung, versuche ihm zu vermitteln, wie diametral entfernt diese Behandlung von denen war, die ich bis jetzt hatte, da werde ich erneut wieder auf die Erde zurückgeholt, denn Gerd fragt plötzlich:

„Was kostet denn so was eigentlich hier?"

„95 A$"

„Na, – das ist ja auch genug Geld!"

Endlich bin ich wieder auf dem Boden gelandet. Ganz ruhig und informativ erkläre ich ihm die Preise für Kosmetikbehandlungen, hier und in Europa. Ich doziere über dieses Thema mindestens eine viertel Stunde, bis ich intuitiv glaube, dass er nun endgültig begriffen hat, dass ich dieses Mal erstklassisch behandelt wurde für den geringsten Preis, den ich je in den letzten Jahren zahlen musste.

„Na ja! Jedenfalls ist es wunderbar, wenn Du solche Entlastung im Rückenbereich hast."

Während ich mich wundere, überlege ich, ob ich nicht doch vielleicht noch einmal von der kosmetischen Wohltat reden soll, und stur wie ich bin, mache ich den letzten Versuch, Gerd zu begeistern, ihn auf meine doch so offensichtliche, für jedermann sichtbare Veränderung hin zu weisen:

„Na, dann ist es ja gut, dass Du Dich für den *1.März* noch einmal hast vormerken lassen."

Es hat keinen Sinn! Ich sollte es nun endgültig aufgeben, das Thema wechseln, ihn über die alten Germanen oder Römer befragen, wenn ich bei ihm Begeisterung erzeugen will. Aber ich lasse es, denn für diese Themen bin ich nun wiederum nicht im mindesten zu begeistern, und ein gemeinsames Thema, an dem wir uns beide hochziehen können, ist momentan außer Sicht. Dieser Knoten löst sich erst vor dem Fernsehapparat, als wir beim Zuschauen der *Australian Open* den Tennisspielern lautstark unseren Beifall oder unser Missfallen zurufen. – Na also! Es geht doch! – Wir *haben* gemeinsame Interessen, und letztlich sollte ich froh sein, dass Gerd mich ohne kosmetische Tricks offensichtlich ebenso mag, wie als "neuerstandene Mona Lisa" nach einer kosmetischen Behandlung.

Der 26. Januar ist der Nationalfeiertag Australiens: *Australiaday*. Sieht man am 24.12. noch überall geöffnete Läden, an diesem Donnerstag sehen wir nicht einen geöffneten Laden oder Supermarkt. Das lässt hoffen, dass der Australier sich noch immer seiner Nationalität bewusst ist, denn nicht wenige Autos mit kleinen Fähnchen überholen uns auf unserem Weg nach Kalamunda. Wir sollten um 13 Uhr zum *lunch* bei Rosemarie und Hugh eintreffen, aber es bewahrheitet sich wieder einmal, dass immer etwas dazwischen kommt, wenn man es nicht gebrauchen kann. Als Gerd nach dem Frühstück den

"Spül" machen wollte, wie er immer sagt, staute sich das Spülwasser im Becken. Es lief nicht ab, nichts ging mehr.

„Es ist doch zum kotzen, wenn man keine Werkzeuge zur Hand hat, – nichts, noch nicht einmal einen Sauger!" Mein wütender Praktiker lief wie ein Löwe im Käfig umher.

„Ruf doch einmal Val Newman an, schließlich muss die hier eingreifen!"

Er wählte die Telefonnummer, wurde mit dem Anrufbeantworter verbunden und legte fluchend den Hörer auf, weil ihm solche technischen Auswege grundsätzlich suspekt sind.

„Hast Du die Handy-Nummer von der Missis?"

„Nein, nicht dass ich wüsste, *Du* hast doch immer mit ihr verhandelt!"

„Ich rufe einfach einmal bei Richard an, vielleicht ist der zu Hause."

Wieder wird Gerd mit einem Anrufbeantworter verbunden, auf dem er nun in seiner Not spricht. Im Anschluss daran fahren wir zur *beach*, denn das lassen wir uns bei dem Wetter weder von einem *Australiaday* noch von einem *date for a lunch* nehmen. Auf dem Weg hält Gerd vor Val Newmans Haus und trifft sie doch tatsächlich an. Auf seine Katastrophenmeldung reagiert sie sehr realistisch.

„Ich kann erst in zwei Stunden kommen, aber dann sehe ich mir das an. Das kann man eventuell mit dem Sauger und einem chemischen Mittel in Ordnung bringen."

„Ihr Wort in Gottes Gehörgang!" Wir beeilen uns, nach dem Strandbesuch nach Hause zu kommen. Das Wasser steht noch immer im Becken. Wir duschen, ziehen uns schick an, schauen fern, als ob wir nicht auf heißen Kohlen säßen, denn es ist gleich halb eins und der Weg nach Kalamunda ist weit. Endlich klopft es. Val Newman versucht sich an der Spüle. Leise Blasen werfend wehrt sich das schmuddelige Wasser gegen den Ablauf. Nach zehn Minuten ist die Spüle leer, das neu eingelassene Wasser verschwindet zwar nur zögerlich, aber Val Newman findet es so durchaus ausreichend, und zieht, Befriedigung ausstrahlend, von dannen, und wir eilen zu unserem *Himmelblauen*, um endlich über die teilweise fahnengeschmückten Stadtgebiete in Richtung Kalamunda zu kommen. Man begegnet allenthalben kleinen Gruppen, die offensichtlich zu einer Festversammlung gehen. Dennoch, wenn ich an das Jahr 1998 denke, in dem ich im Staate Victoria lebte, und den *Australiaday* in Melbourne zum ersten Mal erlebte, hat sich die Euphorie offensichtlich doch im Laufe der Jahre gelegt. Oder nehmen die Menschen hier, in Westaustralien solche Dinge etwas lockerer?

Bei unseren Gastgebern ist ein ihnen befreundetes Ehepaar bereits dabei, den Australiaday alkoholisch ins rechte Licht zu rücken, von Rosemarie und Hugh eifrig unterstützt. Wir entschuldigen uns für die Verspätung, aber alle wehren ab, erklären, sie hätten sich bestens die Zeit vertrieben, was sich unschwer bei der alkoholfreudigen Darstellung übersehen lässt.

„Möchtet Ihr auch erst ein Glas Wein, oder wollen wir gleich mit dem Lunch beginnen?" Natürlich wollen wir keinen Wein, das weiß zwar mittlerweile jeder, der uns kennt, aber trotzdem wiederholt sich überall das Ritual des Angebotes. Offensichtlich hat keiner unserer Freunde die Hoffnung aufgegeben, uns vor dem seligen Ende doch noch zu Weinkennern und Weinliebhabern zu machen.

„Sag mal, ist Australiaday mehr wert als Weihnachten?„

„Wieso, wie meinst Du das?"

„Das Angebot der Speisen lässt sich ja fast nicht überblicken, und alles vom Feinsten!" Mit vollen Tellern spazieren wir im Gänsemarsch wieder zurück auf die Terrasse.

Es ist ein Tag voller interessanter Themen. Mit jedem Tag finde ich mich mehr zurecht in der englischen Sprache. Mein altes Hirn merkt sich sogar immer öfter eine Redewendung. Und ich halte fleißig mit bei der Unterhaltung, denn immer, wenn mir eine Vokabel fehlt, dann rufe ich über den Tisch:

"Gerd, das englische Wort für...?"
Auf diese Weise unterbreche ich ihn in seinem Gespräch, auf der anderen Seite des Tisches, aber ich habe damit keine Probleme mehr. Ich sage

mir immer, „er und ich, wir *können* uns in zwei Sprachen unterhalten; die anderen können es *nicht"* – und dies hebt unser Selbstbewusstsein. Von diesem Hochgefühl allerdings scheint kein englisch sprechender Mensch Notiz zu nehmen, denn wessen Muttersprache englisch ist, der erwartet mit schöner Selbstverständlichkeit, dass man sich seiner Weltsprache bedient.

„Welche Sprachen werden hier in den Schulen gelehrt?" – Ich habe an diesem Nachmittag wieder einmal Gelegenheit mich zu informieren.–

„Das ist sehr verschieden! Viele Eltern in Australien lassen ihre Kinder in japanisch unterrichten, oder in einer der anderen ostasiatischen Sprachen, der Nähe des Landes wegen, aber heute interessieren sich viele junge Leute für chinesisch, einige für russisch. In dieser Richtung denken viele Australier heute um, und das bezieht sich dann immer auf die augenblickliche Richtung in der Politik."

Auf dem Weg nach Hause fahren wir an Menschen vorbei, die mit Kind und Kegel, mit Decken und Barbecues zum Swan River ziehen. Ich sehe die links und rechts vom Fluss angelegten riesigen Wiesen im Geist vor mir, bevölkert mit den Menschenmassen, die des Feuerwerks harren, das erst mit Einbruch der Dunkelheit beginnt. „Das erinnert mich an den *Rhein in Flammen*, das war auch so ein Massenaufgebot, erinnerst Du Dich noch?"

„Und ob! Nein, so ein Menschengetümmel wie dort darfst Du Dir nicht vorstellen. Dazu ist das hier in Perth viel zu weiträumig, das verläuft sich, – aber dennoch, mittendrin möchte ich nicht sein."

Gerd fährt sicher und zügig auf den breiten Stra-ßen, die so erstklassig mit gut lesbaren Hinweis-schildern versehen sind, dass man sie schwerlich übersehen kann.

Während wir am Abend das Semifinale der Australien Open aus Melbourne ansehen, hören wir das Bollern des Feuerwerks.

„Früher hätten wir irgendwo draußen einen Platz gesucht, um wenigstens von weitem ein paar Raketen am Horizont zu sehen!"

„Ach, – na ja! Es ist doch immer das Gleiche!"

Ja! So ist das, wenn man um die acht Jahrzehnte hinter sich hat, da hat die Bequemlichkeit Vor-rang.

Der Januar neigt sich seinem Ende zu. Am Montag weckt mich das Radio, wie alle Tage. In einem guten englisch diskutieren eine Frauen- und ein Männestimme über die Neuerscheinung eines Buches. Beide sprechen schnell, aber ich bemerke zu meinem Erstaunen, dass ich zumin-dest so viel verstehe, dass es sich um eine Neu-erscheinung handeln muss, die das Thema und den Titel *Catholithism* hat. Weiterhin ist offen-sichtlich darin die Frage aufgeworfen, ob man die Gleichgültigkeit, die sich in diesem Land breit mache, einfach hinnehmen, oder doch lieber die inneren Werte mehr fördern soll. Da ich nicht alles mitbekomme, entschließe ich mich, in einer Buchhandlung einmal nach diesem Buch zu fragen. Der Buchhändler schaut heftig nachdenkend ins Leere, beginnt den Kopf zu schütteln und meint dann:

„I never heard about it, sorry!"

Schade, aber da kann man halt nichts machen. Es hätte mich interessiert, ob auch andere Menschen meine diesbezüglichen Beobachtungen bestätigt hätten.

„Sag mal, was machen wir heute, bei dieser Kälte?" Ich setze mich an den gedeckten Kaffeetisch, draussen unter dem Sonnendach und genieße es täglich neu, morgens kein Frühstück mehr machen zu müssen, seit dies zum Pflichtprogramm meines Ehemannes gehört.

„Meinst Du nicht dass Du etwas übertreibst? Wie willst Du denn *das* nennen, was die da drüben in Deutschland haben?"

„Ich bin aber nicht in Deutschland, und Westaustralien verspricht amtlich 330 Sonnentage und die entsprechende Wärme, besonders im Sommer, und wir *haben* Sommer, und heute ist nur 22 Grad auf dem Thermometer zu sehen."

„Es ist windig, und der Wind ist kühl, aber die Sonne scheint."

„Also, was machen wir? Wollen wir nicht mal mit dem Bus in die City?"

„Eine gute Idee! Ich gehe gleich nachsehen, wann des Bus vor unserer Tür draussen abfährt."
Drei Buslinien fahren an "unserer" Haltestelle vorbei, und wir fahren mit der *106*.

„Siehst Du das Bild dort oben, – die Hand? Das bedeutet, dass man den Bus per Handzeichen anhalten muss, sonst fährt er weiter."

„Wieso? Warum muss man denn noch winken, eine Haltestelle ist doch dazu da, dass man *dort* auf den Bus wartet!"

„Nicht unbedingt! Viele Leute verabreden sich mit Freunden oder Angehörigen an der Haltestelle Nummer *soundsoviel* in der *Sowieso*strasse, wohin sie problemlos mit dem öffentlichen Verkehrsmittel kommen, und dann dort abwartend sitzen, bis sie von dort aus im Privatauto abgeholt und nach Hause gebracht werden, wohin gar kein Bus fährt. Das ist für alle Beteiligten die billigste Komponente, solange die Busse noch nicht in die wie Pilze aus der Erde schiessenden Neubaugebiete fahren. Du siehst ja, wie das hier wächst."

Mit fünf Minuten Verspätung kommt der Bus *106*, dem ich eifrig winkend einige Schritte auf der Strasse entgegengegangen bin, denn ich bin ja lernfähig, – wie gesagt! Wir steigen ein, Gerd bleibt beim Fahrer stehen, neben dessen Platz eine kleine Glasscheibe angebracht ist, durch die man zahlen kann, und die Quittung reisst man selbst ab.

„Pensioner?"

„Yes, twice, – City!"

„A\$ 2.60"

Mundfauler kann man kein Gespräch führen!
Ich gehe in das Innere des Busses, in dem nur
wenige Plätze belegt sind, als zwei junge Damen
sich spontan erheben, um dann in dem hinteren
Drittel des Busses Platz zu nehmen.

„Warum haben die beiden denn das Weite gesucht, es sind doch Plätze genug da?"

Gerd deutet auf ein blaues Schild unterhalb des
Fensters.

„Diese Plätze sind für Senioren, Behinderte und
Mütter mit Kindern vorrangig freizuhalten." Solche Dinge werden in diesem Land unwiderruf-
lich ernst genommen, alle Achtung!

Wir fahren den *Canning Highway* hinunter, bis
zum Ende, kreuzen die *Canning River Bridge* und
die *Swan River Bridge* und schwenken links in die
St. Georges Terrace, die Geschäfts- und Banken-
strasse. Die Busfahrt endet im Busbahnhof, und
wir fahren über eine Rolltreppe hoch, zurück in
die St. Georges Terrace, vorbei an der altehrwür-
digen, ersten Knabenschule Westaustraliens, der
Boy School of 1856, in deren historischen Mauern
heute *Breakfast and Lunch* gereicht wird. Wir
laufen bis zur *Hay Street*, der bekanntesten Ein-
kaufsstraße von Perth, kommen just um 12 Uhr
nach *London Court*, einer kleinen Einkaufsmeile,
die einer Londoner Straße nachempfunden ist,
und während die alte Uhr zwölf mal schlägt,
drehen sich die zierlich geschnitzten Figuren

tanzend im Kreis. Für mich ist dieser Stadtbesuch heute eine "Hauptprobe", denn ich möchte demnächst alleine in die Stadt fahren, um in aller Ruhe durch die Läden und Passagen zu bummeln, und dies und das zu erstehen, ohne dass irgendwer, – oder besser gesagt, mein *Storchenmann*, auf mich wartet. Wenn er auch zum hundertsten Mal erklärte, es mache ihm nichts aus, mich in die City zu fahren, dann irgendwo bei einem Kaffee zu sitzen und auf mich zu warten, ich will das nicht, denn es macht mich nervös, und zu Hause, in Deutschland gehe ich ja schließlich auch selbständig einkaufen, natürlich ohne ihn.

Nach diesem Informationsvormittag fahren wir dann wieder an der Bushaltestelle St.Georges Terrace mit unserem Bus nach Hause. Diesmal fragt der Schaffner nach Gerds Ausweis als *Pensioner*. Er kann keinen vorzeigen, denn die Pensionsbehörde weigert sich, ihm einen solchen auszustellen, seit er seinen Hauptwohnsitz in Deutschland hat. In unserem Fall heißt das, er muss sowohl für mich wie für sich A$ *3.30* bezahlen, beinahe das Dreifache. Dass ich bezahlen muss finde ich in Ordnung, aber dass *er* in dieser Beziehung nicht für sein wohlerworbenes Recht kämpft, kann ich nicht verstehen. Schließlich hat er hier sein Leben verbracht, seine Bezüge bezahlt, bekommt vom Staat seine Pension, über deren Höhe ein deutscher Ingenieur fassungslos nach Luft schnappen würde; warum er dann nicht die Vergünstigung erhält, die ihm beim Besuch seines Landes zusteht, kann ich nicht begreifen. Letzten Endes geht es die Behörde nichts an, wo er sonst lebt, denke ich, aber leider beiße ich bei diesem Thema stets auf Granit, denn Gerd meint, wegen der paar Dollar in den wenigen Monaten in denen er in Perth sei, würde er sich nicht damit aufhalten, mit einer Behörde zu streiten. Wenn er Grundbesitz in Australien hätte, dann würde es sich rentieren, die diesbezüglichen Vergünstigungen für Pensionäre zu erstreiten, aber so, wegen ein paar Eintrittsgelder oder Schifffahrten, da rentiere es sich nicht. – o.k.! Wenn er meint! – Aber meine Empörung bleibt erhalten, – dafür ist mein Gerechtigkeitssinn zu ausgeprägt, und "Kleinviehchen macht auch Mist!"

Das Weckradio springt an, wie alle Tage um 7.30 Uhr, damit ich mich gemütlich im Bad meiner Morgentoilette hingeben kann, bevor ich nach unten gehe, um im Fernsehen den *SBS* anzuschalten, der eine halbe Stunde lang über die *DW*, die *Deutsche Welle*, Nachrichten in deutscher Sprache sendet. Es ist die einzige Brücke nach Europa, nach Deutschland, denn dieses Jahr kann ich über mein Laptop keine *Taunus Zeitung* lesen, wie all die Jahre zuvor. Einige Tage nach meiner Ankunft habe ich nach ein paar Versuchen entnervt aufgegeben, über mein Laptop die "Brücke zur Welt" aufzubauen. Das hing mit der Struktur des Appartements zusammen, mit dem Telefon und mit meiner Unkenntnis, *Telstra*, den Anbieter mit meinen Laptop zusammen zu bringen. In diesem Punkt bin und bleibe ich eine Halbgebildete, und Hilfe von außen ist hier schwierig, weil niemand des deutschen mächtig ist und ein Laptop-"Experte" versucht sein könnte, in mein Laptop plötzlich *englisch* als Hauptsprache einzugeben. Und dann stehe ich da und sehe immer nur rotunterstrichene Worte, wenn ich deutsch schreibe. *"LmaA"* habe ich mir dann irgendwann gedacht, – das ist nicht vornehm, aber wohltuend und ausserdem ent- scheidungsfördernd, – und Gerds geistiges Un- vermögen bezüglich des Computers und sämt- licher Elektronik war ausnahmsweise in diesem Moment einmal hilfreich unterstützend. Ginge es nach ihm, wir würden nichts, aber auch gar nichts benötigen, außer einem Dach über dem Kopf und die primitivste Ausstattung in Küche und Bad, einem kleinen, alten Auto, an dem man noch selbst reparieren kann, und einem norma- len, kleinen Fernsehapparat, allerdings nebst Videorekorder, denn, – *"Oh happy day!"* – dass das Fernsehangebot unter aller Sau ist, *das* hat er nun auch begriffen. Dass ich etliche Videokassetten aus Deutschland mitgebracht habe, mit Aufzeich- nungen deutscher Filme und Showsendungen, ist absolut positiv bei ihm angekommen, und so geniessen wir gemeinsam die Fernsehabende.

Aber,– davon wollte ich ja gar nicht schreiben!
Ich beginne noch einmal:

Das Weckradio springt an, wie alle Tage um
7.30 Uhr. Ich lausche auf ein fremdes Geräusch
jenseits der heruntergelassenen Sonnenblenden,
die ich mit dem rechten Fuß anzulupfen versuche, um einen Blick nach außen zu erhaschen.

„Gerd! – Es regnet!"
Die bis zum Hals vermummte Gestalt neben mir
bleibt bewegungslos, nur in dem braunen, etwas
verknautschten Gesicht unter den strubbeligen
Haaren öffnen sich zwei Augenlider.

„Ach je! – Wieso denn das?"
Da ich nicht so richtig weiß, was ich mit dieser
Antwort anfangen soll, stehe ich auf, ziehe die
Sonnenblende hoch und öffne die Schiebetür
zum Balkon weit, damit man den Regen nun
endgültig *hören* kann. Mit einem herzhaft lauten
Gähnen kommt mein Storchenmann langsam zu
sich.

„John, der Schnellsprecher hat den Regen
zwar angesagt, aber da draußen sieht es ja für
heute nach Dauerregen aus!"

„John der Schnellsprecher hat also recht, wie
immer", sage ich und verteidige den "Wetterfrosch" im ABC-Programm, der täglich nach den
Abendnachrichten seine meist richtige Prognose
in einer rasanten Geschwindigkeit mittels einer
übersichtlichen Landkarte vermittelt.
Ich schlüpfe in meinen, im Shopping Center
Innaloo auf A\$ *14.90* heruntergesetzten neuer-

standenen, hellblau glänzenden, langen Morgen-
mantel, der, wie fast alles, was hier angeboten
wird, mit dem Hinweis *Made in China* versehen
ist, schlüpfe weiterhin in meine bei *Coles* für A$
6.90 dazu passenden blauen Hausschuhe, und
verschwinde im Badezimmer, bevor ich dann
nach unten gehe, um Nachrichten zu hören.

Man ist immer zufrieden, wenn die erste
Meldung keine Katastrophenmeldung ist. Politik,
– Wirtschaft – Börsenberichte – Thema des
Tages – Wetter in Deutschland. Letzteres lässt
uns den hiesigen warmen Regen vergessen, der
bestimmt nach spätestens drei bis vier Stunden
aufhört. In Bayern schneit es ununterbrochen,
und wir denken schon an die Wochen danach,
wenn die Schneemassen relativ schnell schmelzen
werden und damit wieder einmal eine Über-
flutung ins Land steht.

Nach dem Frühstück fahren wir zu *Elmar*, dem
*butche*r, in der Hoffnung, dass er neue Ware aus
Deutschland bekommen hat. Elmar, ein Metzger
aus Hamburg, der vor einigen Jahrzehnten nach
Perth kam, um hier seine Würste, seine Schinken
und sein Fleisch zu verkaufen, hat in der Zwischenzeit einige Läden in Perth eröffnet und im
vergangenen Jahr sogar ein Lokal. Der Zuspruch
ist immens. Im Hauptgeschäft können alle, die
hinter dem Ladentisch stehen deutsch, aber
mittlerweile ist die Kundschaft international, und
wer auf sich hält, kauft bei Elmar. Separat werden
typisch deutsche oder europäische Waren ver-

kauft, wie Sauerkraut, Klöße im Kochbeutel, Klosspulver, Kaffee von *Tschibo* und *Eduscho*, Kuchen und Plätzchen, und vieles mehr. Bei Elmar finde ich es wieder bestätigt, dass in rasanter Geschwindigkeit ein immer größer werdendes internationales Warensortiment in Australien seinen Absatz findet. Es gibt nur ganz wenige Dinge, die ich hier noch immer vermisse, und das ist zum Beispiel Hefe. Es gibt nur Trockenhefe, und die kann eine alte deutsche Hausfrau nur mit Verachtung strafen, weil mit diesem Produkt einfach kein Kuchen gelingt.

Ich suche mir ein schönes Stück Rindfleisch aus, zum einlegen, um meinen Gästen einmal einen Sauerbraten bieten zu können, und nehme die langen *Wiener* mit, die geschmacklich wenigstens unseren Wiener Würstchen ähneln, und die dann mit einem Glas *Emu bitter* Bier aus diesem Erdteil und den stets frischen *white dinner rolls*, zu deutsch: Brötchen, und einem Klacks Senf ein schmackhaftes Abendessen sein werden.

Zu Hause angekommen, versorge ich die Ware, und als das Telefon klingelt, kümmert sich Gerd darum. Celia ruft an und lädt uns ein, am Donnerstag, Freitag oder Sonnabend eine Theatervorstellung zu besuchen, in der sie Regie führt. „Sag ihr, wir kommen Freitag!" entscheide ich, denn am Donnerstagabend zeigt das Fernsehen *Inspector Rex*, und *wenn* es schon einmal einen deutschsprachigen Film gibt, dann wollen wir das auch genießen, selbst wenn uns diese Produktion aus Österreich als Seriensendung unter dem Titel *Kommissar Rex* bereits schon vor Jahren in Deutschland Spass gemacht hat. Wie pflegt meine alte Freundin Erika bei solchen Begebenheiten zu sagen: "Man muss dem lieben Gott für alles dankbar sein!"

Der Theaterbesuch ist einmal etwas anderes, denn normalerweise sitzen wir abends immer zu Hause. *The real thing* heißt die Salonkomödie, nett gespielt von Amateuren, wobei einige hervorragend sind, andere mittelmäßig. Alle haben sich Mühe gegeben, das Theater ist für etwa 250 Menschen ausgelegt, hat gute, übersichtliche Sitzplätze und man kennt sich offenbar, wie man in der Pause sehen kann. Wir beglückwünschen Celia, die nach der Vorstellung kommt und fragt, ob ich alles verstanden habe. Ich habe es *nicht*, jedenfalls nicht alles, aber ich habe mitgelacht, wenn die anderen lachten, das macht sich gut, aber so deutlich sage ich es ihr nicht. Gefallen hat mir der Abend dennoch, es war einmal etwas anderes, auch wenn ich finde, dass man in Deutschland am Ende den Schauspielern mehr Beifall zollt, und diese hier hätten es verdient gehabt, mehr als nur einmal durch klatschen damit belohnt zu werden.

Ich glaube, ich weiss nun, weshalb wir uns in unserem dreigeteilten Jahresablauf stets dort zu Hause fühlen, wo wir gerade sind: Wir haben mit der Zeit ein Schema gefunden, das ganz auf uns zugeschnitten ist. Wer es liebt, ständig auf Achse zu sein, darf nichts besitzen, was ihn hemmt, urplötzlich die Koffer zu packen und spontan den Ortswechsel vorzunehmen. Wir haben kein Haustier, keine Blumentöpfe, keinen Garten und keine Verpflichtungen. Probleme bei spontanen oder auch langfristig geplanten Reisen oder Spritztouren sind bis dato noch nicht aufgetreten. Hier, in Westaustralien haben wir zwar alljährlich ein anderes Appartement, und, wie beschrieben, ist das manchmal nicht so problemlos, aber bis jetzt hat es immer geklappt. Und *wenn* wir hier dann mehr oder weniger gut "zu Potte gekommen sind", dann läuft alles wieder rund.

In den ersten Jahren hat mir Gerd unentwegt die Stätten seines Wirkens gezeigt, und da er auf diesem Kontinent fünfzig Jahre als Bauingenieur fast überall "gewirkt" hatte, kam ich weit herum. Es gibt Landstriche, in denen überwiegt die Hitze, die Feuchtigkeit, dort muss man sich vor Insekten vorsehen, und dort müsste man drei Hände haben, um die Fliegen zu verjagen. Ich rede vom Norden Australiens, von den *Northern Territories*, und auch von *New South Wales*. Diese Gebiete habe ich für mich ausgespart, meinem Alter und meiner Gesundheit zu liebe. Bis Sydney bin ich gerade zweimal gediehen, es war interessant, sehr elitär, und als "Vorzeigestadt" wie geschaffen, aber ich habe meine australische Heimat in Westaustralien gefunden, und speziell

in und um Perth und deren Hafenstadt Fremantle. Gerd hat die letzten zwanzig Jahre seines
Arbeitslebens hier zugebracht, nachdem er die
ersten Jahre im Staate Victoria, genauer gesagt, in
Melbourne ansässig war. Von dieser sehr englischen Stadt kann man getrost behaupten: in
vierundzwanzig Stunden kann man wettermäßig
vier Jahreszeiten erleben. Welch ein Unterschied
zu *WA*, wo garantiert an 350 Tagen die Sonne
scheint, was sich offensichtlich auf die Menschen
überträgt, die hier die freundlichsten und die
hilfreichsten sind, und die jeden so leben lassen,
wie er will.

Wir fahren fast täglich nach dem Frühstück an
unsere *beach*, finden immer einen Parkplatz und
wandern dann über den dunkelgrünen, festen,
kurzen Rasen, auf dem das ganze Jahr die Menschen herumtrampeln, ohne dass dies für sein
Aussehen eine Auswirkung hätte. Wenn Gerd in
den ersten Jahren unseres Zusammenseins in
Deutschland ständig von mir zurückgerufen werden musste, wenn er quer über die Wiese im
Kurpark gehen wollte, dann weiss ich heute, dass
dies keine Gleichgültigkeit den Verbotsschildern
gegenüber war, die er weder vermutet, noch
gesehen hatte. In Australien geht jeder zu allen
Zeiten über alle Wiesen. Man *lebt* im Sommer fast
schon auf ihnen, unter schattigen Bäumen, und
man trifft seine ganze Familie am Sonntag irgendwo auf einer Wiese, um dort zu essen, zu

trinken, zu spielen und zu reden. Alle Sprachen dieser Welt kann man im Vorbeigehen vernehmen, und auch die Ureinwohner dieses Kontinents, die Aboriginals treffen sich mit ihren Angehörigen, sitzen im Halbkreis, und hören oft einem ihrer Männer hingebungsvoll zu, der stehend redet, redet, redet.

Gerd und ich gehen täglich vom Parkplatz über die riesige Wiese zum Sandstrand.

„Schau mal, der Hobo ist wieder da!"

„Was ist das, ein *Hobo*?"

„Das ist ein amerikanischer Ausdruck für einen Landstreicher."

Auf der Bank in der Sonne, nahe dem Sandstrand liegt ein etwa 45 Jahre alter, tiefbraungebrannter Mann, dessen farblich undefinierbare schulterlangen Haare völlig verfilzt sind und schläft den Schlaf des Gerechten. Er liegt auf seiner dicken Wolldecke, die er etliche Male zusammengefaltet hat. Neben der Bank steht ein Einkaufswagen, den er vermutlich in irgendeinem Shopping Center hat mitgehen lassen. Sein ganzer Besitz scheint sich, hochaufgetürmt, darin zu befinden, und wir rätseln, ob er wohl mit diesem Wagen durch die Lande zieht.

Als wir nach unserem „Baderitual" zwei Stunden später zum Auto zurückgehen, ist die Bank leer, aber der Einkaufswagen steht noch da. Ich bleibe stehen, sehe mich um, schaue über die *beach* hinweg in Richtung Meer, auf dem die Wellen bereits etwas kräftiger heran rollen, und entdecke unseren Hobo schwimmend im Wasser.

„Das scheint offensichtlich seine Art zu sein, sich zu waschen!"

„Meinst Du, der bleibt hier über Nacht?"

„Keine Ahnung! Bei *dem* schönen Wetter und der warmen Nacht, warum nicht?"

„Interessiert sich eigentlich hier keiner für solche Leute?"

„Doch, amtlich schon, aber das nimmt man nicht so ernst. Diese Hobos bleiben ja nicht lange an einem Platz, und wenn sie sich unauffällig benehmen, dann übersieht man sie."

„Eigentlich scheint sich hier keiner um den anderen zu kümmern. Wenn ich die vielfältigen Figuren sehe, dicke, krumme, urkomische, mit Hut und ganzer Montur im Wasser, bildhübsche, schlanke junge Damen und athletische, oder auch nur athletisch sein wollende Männer aller Altersklassen, die ausdauernd schwimmen und kraulen, sowie "Kaffeetanten", die nur einfach miteinander redend im kühlen Nass herumstehen. Und dann sieht man die ausgewachsenen Väter, die, assistiert von ihren Sprösslingen, wahre Tiefbohrungen durchführen, oder muschelverzierte Burgen bauen, ohne darauf zu achten, dass die Flut immer näher kommt und alles wieder zunichte macht, ganz zu schweigen von den vielfältigen käseweißen bis brezelbraunen Figuren, die individuell ihr Sonnenbad nehmen."

Gerd trabt vor mir her, ohne zu reagieren, vielleicht weil er mit den Gedanken woanders ist, oder weil er seine *Ohren* wie ich die Hörgeräte nenne, mit den Kleidern im Auto gelassen hat. Ich mache ein paar schnelle Schritte und gehe neben ihm her.

„Ich finde, hier ist alles vertreten und niemand nimmt anscheinend Notiz von den diversen Eigenheiten der Mitmenschen, wie wir das in Deutschland bei uns am Strand kennen, wo jeder Vorbeigehende vom Liegenden und jeder Liegende vom Strandgänger beäugt und kommentiert wird. Ich gebe sogar zu, auch ich habe oft eine bissige Bemerkung für die Mitmenschen meiner Umgebung, aber wenn man mir das verbieten würde, ich glaube, ich würde daran ersticken, und das ist kein schöner Tod."

Während ich meinen zweiten Kommentar loslasse, geht Gerd gelassen neben mir her. Bei ihm weiss ich nie so genau, ob er überhaupt zuhört, denn im Verhältnis zu mir, redet er nur sehr wenig und kommentiert das damit, dass er ja gar nicht zu Wort komme. Ich werde es nie zugeben, aber ich weiß, dass er recht hat. Mein Naturell umschreibe ich mit dem Wort Temperament, punkt um! Und dann kommt doch noch eine Antwort:

„Hier kann jeder leben wie er will, solange es nicht zum Nachteil der Mitmenschen ist."

Ja, so kurz und präzise kann man es auch kommentieren.

Am Nachmittag ziehen Wolken auf, kommen schnell näher, plötzlich bricht der Regen los, prasselt dunkel herunter und wird leuchtend hell durch die urplötzlich aufstrahlende, tiefliegende Sonne. Ich renne los, um dieses Phänomen mit meinem Filmapparat fest zu halten, aber so schnell kann ich nicht reagieren, wie alles schon wieder vorbei ist. Draußen dampft es wenige Minuten, dann glänzen nur noch auf den Blättern und Blüten ein paar Regentropfen.

Am Abend, nach den Nachrichten liefert John, der Schnellsprecher, wieder seinen Wetterbericht ab. Es war heute der heißeste Tag seit zehn Monaten, sagt John, und wir sehen auf der Landkarte von WA neben der Stadt Perth die Zahl *40,5* über den Bildschirm geistern.

„Das gilt natürlich nur für das Inland!" stellt Gerd fest. „Schon in der City muss es heute unerträglich gewesen sein. Hier, in Meeresnähe gehört man zu den Auserwählten."

Es ist 19.00 Uhr, oder 7.00 *pm*, wie man hier sagt. Aus der an der Wohnzimmerdecke angebrachten *airconditioning*, die schon den ganzen Tag über leise surrt, kommt angenehme Kühle, denn die Temperatur ist auf 24 Grad eingestellt. Als ich nach draußen gehe, um die Kissen von den Stühlen zu nehmen, knallt mir die Hitze aus der noch leise dämmernden Dunkelheit entgegen. Etwa 12 Grad wärmer ist es draußen, wo die Sonne vor etwa zwanzig Minuten untergegangen ist. Wenig später ist der Himmel tiefdunkelblau, und der seit vorgestern abnehmende Mond leuchtet silbrig. Die Sterne scheinen viel näher zu sein, als bei uns in Europa. Ab und zu schwimmt eine Wolke wie ein Wattefetzen vor den Mond, nimmt ihm für Sekunden die Leuchtkraft, ohne seine Konturen verwischen zu können, und wird dann wieder abgekippt in die Dunkelheit des Firmaments. Wir schauen uns im Fernsehen die Nachrichten an, warten auf John, den Wetterfrosch, um für morgen planen zu können, und schalten dann nach Turin, wo die Winterolympiade stattfindet, wo die australische Sportreporterin mit Pudelmütze und Anorak im tiefen Schnee stehend, von dicken Schneeflocken umgeben ist. Spätestens in solchen Momenten bemerkt man, wie weit man weg ist von Europa, obgleich man per Telefon oder E-Mail in Sekundenschnelle mit dem Heimaterdteil verbunden sein kann. Irgendwie bin ich eigentlich ganz zufrieden mit mir selbst, denn wenn ich auch bereits mit meinen 79 Jahren das 80. Lebensjahr begonnen habe: direkt altmodisch komme ich mir nicht vor. Gerd sagt, ich sei manchmal ein bisschen verrückt, aber das kommt nur daher, dass er sehr erdverbunden ist, sehr komplex denkt, und immer ein bisschen länger braucht, bis er kapiert, was ich meine. Aber wir haben uns aneinander gewöhnt, akzeptieren unsere Schwächen, und feuern uns an, unsere Stärken zu bewundern, und *darin* sind wir richtig gut.

Mein australischer Mondmann

Die Sonnenblenden lassen wenig Helligkeit in das Schlafzimmer, aber sie knarren hin und wieder, wenn der Wind sie ins Zimmer zu schieben versucht. Mit meinem rechten Fuß versuche ich einen Blendenvorhang anzuheben, um zu erkunden, ob die Sonne scheint. Wolken, bedeckter Himmel, ein ungewohntes, missmutiges Hellgrau ohne Sonne, und eine leichte Brise, die an den Palmenblättern herumzupft und am Horizont ein schüchternes Hellblau, das nicht richtig voran kommt. Mein Blick geht zur Uhr: *7.30*, spät genug um aufzustehen, zu früh um Gerd zu wecken, der noch "friedlich wie ein Erzengel" schläft. Ich schalte unten, im Wohnzimmer den Fernseher ein, will meine deutschen Nachrichten ansehen, aber, genau wie gestern, wird ein "ungeheuer wichtiges" Fussballspiel aus England übertragen. Ich erinnere mich, dies bereits vor einer Woche gelesen zu haben, aber wer denkt denn acht Tage später noch daran? Ich schalte ab, und begebe mich an die Arbeit, die mir nicht zusteht: das Frühstück! Während ich oben meinen Herrn und Gebieter herumlaufen höre, versuche ich in Küche und Wohnzimmer die Krümel und anderen Schmutz zusammenzukehren, bevor er kommt.

„Du hast ja schon den Tisch draußen gedeckt!"

„Du meinst, ich habe das Frühstück heute gemacht!"

„Achott, achott achott! — (ein "Erbausdruck" seiner Mutter!) Wieso bist Du denn überhaupt so früh auf?"

„Ich bin so früh auf wie immer, nur, dass die deutsche Welle heute wie gestern keine Nachrichten aus Europa sendet, wegen der Übertragung von Fussballspielen der *Champions Leage* aus England. Deshalb habe ich gedacht, ich versuche mal, ob ich das noch kann, – Frühstück machen!" Gerd macht kurz sein schuldbewusstes Dackelgesicht, schaltete dann aber schnell um:

„Was ist denn das überhaupt für ein Wetter? Da kann man doch nicht an die *beach*! Wollen wir heute nach *Innaloo*?"

„Ja, das ist eine Idee! Ich nehme mein Handy mit und gehe in den Laden, in dem ich es vor drei Jahren gekauft habe. Vielleicht kann mir da einer sagen, was ich anstellen muss, um meine Mailbox abhören zu können. Ich habe keine blasse Ahnung mehr wie meine Pin-Nummer lautet, und ohne die kann ich in diesem Land keine Mailbox abhören. Keiner kann mir da weiter helfen. Außerdem hat beim letzten Gespräch eine Stimme gesagt, dass ich nur noch 9 Minuten telefonieren kann, da werde ich nochmals mit 15

Dollar aufladen, das ist dann ausreichend für die letzten drei Wochen."

In *Innaloo* stellen wir uns auf die endlose Rolltreppe und lassen uns nach unten bringen. Gerd schaut auf die Armbanduhr.

„Jetzt ist es gleich halb zwölf, wie lange brauchst Du für Deine Einkäufe?"

„Ich dachte Du gehst mit mir zu dem Handyladen! Ich verstehe vielleicht manches nicht, was der Verkäufer da "zusammenknautscht" dann musst Du übersetzen."

„Und ich weiß nicht, was das für Ausdrücke sind, die mit dem Handy zusammenhängen! – Aber gut, ich komme mal mit."

In dem Laden beginne ich zu erklären, um was es geht, aber sowie das Wort *Pin-Nummer* auftaucht, erschlägt mich wieder ein Wortschwall, der mich hilfesuchend zu Gerd schauen lässt. Ich sehe auf den ersten Blick, dass der auch nur "Bahnhof" verstanden hat, nicht weil er kein englisch könnte, sondern weil er keine Ahnung von den Fachausdrücken bezüglich Handys hat, die hier *mobiles* heißen. Am Ende bezahle ich A$ *15.*- für eine neue Aufladung, die der junge Verkäufer gottlob meinem Handy selbst eingibt, bevor ich mich wieder mit der Stimme abgeben muss, die mir Dinge sagt, die ich nicht verstehe. Und damit verlassen wir den Laden, und ich kann wenigstens in diesen letzten dreieinhalb Wochen ohne Zeitdruck telefonieren.

Gemeinsam gehen Gerd und ich durch den alten Bereich des Centers, den ich kenne, und plötzlich wandern wir mit dem Strom der Einkaufenden in dem neuen Bereich herum. Diese Shopping Center sind alle gleich angelegt, aber wenn man sie neu betritt, hat man das Gefühl, hier bekommt man etwas besonderes. Mir fällt das Uhrengeschäft auf, in dem es alles für 30-50% Rabatt gibt. Hier gibt es sogar *Fossil*-Uhren, die ich in Deutschland noch nicht entdeckt habe. Vor Jahren haben Sohn und Schwiegertochter mir eine aus USA mitgebracht, die unverwüstlich seit dieser Zeit an meinem Arm klebt, die wasserdicht ist, aber deren Verschluss schon zwei Mal festgezurrt werden musste. Ich gehe mit dem Gedanken schwanger, ob ich mir noch einmal ein solches Exemplar kaufen soll, damit ein Ersatz bereit liegt, *wenn* mir das gute Stück eines Tages verloren geht. Gerd steht, mit den Händen auf dem Rücken, wie ein Verkehrszeichen mitten im Strom der dahingleitenden Menschenmasse, die ihn notwendigerweise umgeht. Ich reisse mich von dem Anblick der Uhren los und befreie die Einkaufenden von dem lebenden "Störfaktor", mit dem ich weiter gehe, bis wir wieder am Ausgangspunkt, an der Rolltreppe angekommen sind.

„So! – Und jetzt?" Gerd schaut auf seine Uhr. „Jetzt ist es gleich halb zwölf. Wollen wir zusammen essen?"

Sein Blick gleitet über die leeren Tische und Stühle vor den diversen Fress-Nischen, bei denen man seine Mahlzeit zusammenstellen, bezahlen und dann davor einnehmen kann.

„Also *ich* habe noch keinen Hunger, ich würde gern noch ein bisschen herumgucken."

„Gut! Dann findest Du mich hier irgendwo an einem der Tische, denn ich stelle mir jetzt etwas chinesisches zusammen. Wie viel Zeit wirst Du etwa brauchen? – Du musst Dich nicht eilen, wir haben Zeit!"

Dieses Thema Einkaufsbummel *muss* ich kommentieren, denn es ist ein immer wiederkehrendes Gespräch voller Tragik:

So, wie alle anderen Männer in aller Welt, interessiert sich Gerd nur für wichtige, nötige, unvermeidliche, aber in jedem Fall *geplante* Einkäufe, die möglichst auf einem Zettel stehen, den man zur Hand nimmt, die Ware aufsucht, sie in den Einkaufswagen legt und weitergeht. Jede Strategie aller Ladenbesitzer, kostspielige Waren in Sichthöhe, möglichst noch mit einem Preisnachlass anzubringen, ist einzig und allein nur in solchen Geschäften erfolgreich, wo Frauen einkaufen, denn sie sind fähig, blitzschnell zu überlegen, ob man dieses Schnäppchen vielleicht im Laufe dieses Jahres dieser oder jener Freundin oder Bekannten zum Geburtstag schenken könnte, wenn man es nicht selbst gebrauchen kann. 99 % aller Männer laufen an solchen und ähnlichen Angeboten, blind wie die Maulwürfe, vorbei. Ich weiß wovon ich rede, denn Gerd gehört leider zu den Maulwürfen, – den 99%igen!

Als ich 1998 das erste Mal zu ihm nach Melbourne flog, und dann natürlich mit ihm ins Shopping Centre fuhr, hatte er auf dem Einkaufszettel „Mineralwasser, Milch, Marmelade und Saft" stehen. Ich weiß nicht warum, aber wir gingen damals mit zwei getrennten Einkaufswagen durch den Laden und hatten beschlossen, er sollte die Dinge des Einkaufszettels besorgen, ich wollte „einmal so herumschauen". Der glückliche Zufall ließ mich ihm begegnen, bevor er zur Kasse schreiten wollte, mit zwei Flaschen Sodawasser, zwei Paketen Milch, einem Glas Marmelade und einer Flasche Apfelsaft. Da mir die Sprache wegblieb, konnte er mit schreckgeweiteten Augen meinen Einkaufswagen anstarren und ungläubig fragen:

„Was hast Du denn um Gottes Willen alles in dem Wagen drin, wer soll denn das essen?"
Und ich konnte mich dadurch sammeln, um zurück zu fragen:
„Und was willst Du mit zwei Flaschen Mineralwasser? Die sind doch morgen Nachmittag alle, dann fahren wir wieder los!"
So viel zum Thema Einkaufen, und damit komme ich wieder auf unseren Vormittag im Innaloo zurück.

„Ich mache jetzt noch einmal die Runde, die wir eben gemeinsam abgelaufen sind, aber ich gehe in die Geschäfte hinein, die interessant sind, und schaue mich um. Spätestens um halb eins

treffen wir uns dann hier an einem der Tische, –
Du bist ja nicht zu übersehen!"

Ich beginne eilig meine Runde, bleibe an einem
Lederwarenstand stehen, um für mich zum
nächsten deutschen Sommer eine weiße Handtasche zu suchen, mit endlos vielen Fächern,
Reißverschlüssen, Vordertaschen und einem Um-
hängebügel. Bis jetzt war ich glücklos, denn ein
solches Exemplar, wie ich es will, gibt es selten.
Freundlich hallt das *how are you?* aus Richtung
Theke zu mir, dem ich das obligatorische *thanks,
how are you?* entgegen murmele, und wie ein
Habicht auf eine weiße Tasche stürze, die im
hinteren Bereich des Ladens zwischen schwarzen und braunen Exemplaren mir zuzublinzeln
scheint. Nachdem ich begeistert festgestellt habe,
dass genau diese Tasche meinen Vorstellungen
entspricht, sie auch noch mit A$ *14.90* – das sind
etwa runde € 10.-, und das für eine *Ledertasche*, –
ein wahres Schnäppchen ist, gerate ich in "Jagd-
laune". Ich wühle in den Geldbörsen herum, die
mit diesen *Allround*-Taschen zusammen liegen,
welche auch von Herren benutzt werden, und
dann habe ich "einen Fisch an der Angel". Wer
mich kennt, kennt auch meine Taschen und
Geldbörsen. In letzteren ist alles zu finden, vom
Minikugelschreiber, über Mininähzeug nebst
Sicherheitsnadeln, Aktenklammer, Briefmarken,
Nagelfeile, Kopfwehtabletten, Bilder der Familie,
Visitenkarten, diverse Bank- und Gesundheits-

karten, und, und, und. Ich habe meine braune
Geldbörse in Deutschland gelassen, mit Geld
und allem drum und dran, denn hier benutze ich
mein *Australien-Portemonnaie* – *nur* mit Geld, und
zwei Kopfwehtabletten und der Partnerkarte von
Gerds Bank, die ich nie benutze, weil ich es
bevorzuge, bar zu zahlen. An meinem braunen
„deutschen" Portemonnaie zu Hause sind die
Nähte geplatzt, die ich mittels Aktenklammern
versucht habe, notdürftig zusammen zu halten.
Ich berichte das alles deshalb so präzise, weil ich
Kontinente überfliegen musste, um einen Ersatz
für das geplatzte *Braune* zu finden, und – ich hätte
tanzen und singen mögen – in diesem Portemonnaie finde ich einen klitzekleinen Rechner,
einen Spiegel, einen winzigen Kugelschreiber,
einen Kalender und für Schlüssel die Ringe, die
man herausnehmen kann. Im Geiste richte ich
dieses "Gottesgeschenk" mit allem ein, was mir
einfällt, und da merke ich, dass es mehr als genug
Fächer hat und eile, mit der Trophäe in der Hand
zu der freundlichen jungen Frau, die bereits die
weiße Tasche eingepackt hat, und die nun den
Preis von A\$ *34.90* eingibt, was etwa €20.-
entspricht. Ich gehe wie auf Wolken aus dem
Geschäft, mit gleich zwei befriedigten Wünschen,
vorbei an dem Uhrenladen, in dessen Auslage ich
mir noch einmal die *Fossil*-Uhr ansehe, dann aber
doch vom Kauf Abstand nehme. Mit nahezu
achtzig Jahren muss man nicht unbedingt einen
Ersatz für etwas einkaufen, das einem eventuell

noch überlebt, und insbesondere dann nicht, wenn man zu Hause noch mindestens vier oder fünf Armbanduhren herumliegen hat, die alle, nach einem Batteriewechsel bereit sind, einem die letzten Tage anzusagen. Ich nähere mich der Fress-Meile, sehe, dass nahezu alle Tische besetzt sind und suche nach Gerd. Wo ist ein Mann mit blauem Jeanshemd und Shorts, der auf mich wartet? –

Nichts zu sehen! Ich beginne nochmals alles zu durchsuchen, gehe sogar durch die schmalen Reihen – nichts! Unschlüssig laufe ich erst langsam, dann schneller nochmals die Ladenrunde ab, murmele leise bis halblaut vor mich hin und schüttele immerzu den Kopf, bis ich merke, man schaut mich so ein bisschen erstaunt an. Da bin ich schon wieder in der Fress-Meile, suche erneut, finde wieder niemanden und hole mir dann zwei *Spring-Rolls* nebst zwei Löffel Reis mit Erbsen und Sprossen, für A\$ 3.–. Während ich esse, schaue ich ständig auf die pendelnde Menschenmasse, die etwa 10 Meter von meinem Tisch entfernt vorbeidefiliert, und mittendrin – Gerd, ohne einen Blick in meine Richtung zu werfen. Ich schlucke mein Chinesenessen, und stelle mir vor, ich würde nun aufstehen und über alle Köpfe der Essenden hinweg „Gerd! – Gerd!" schreien, was in der Geräuschkulisse verpuffen, und ohnehin von ihm nicht gehört würde, und so kaue ich weiter und sehe seine Figur langsam verschwinden. Ich weiß wenigstens, das es ihn noch *gibt*, und das ist schon etwas. Ich überlege, warum der Mann nicht einmal da sein kann, wo wir verabredet sind, denn beim letzten Besuch in Innaloo wollten wir uns in einem bestimmten Cafe treffen, und ich lief damals auch wie ein verlorenes Kind herum, bis wir uns ebenfalls zufällig trafen.

Plötzlich kommt er mir entgegen, erkennt mich sogar und strahlt mich freundlich an.

„Mein Gott Gerd! Wo rennst Du denn herum, warum bleibst Du nicht an Deinem Tisch sitzen, wie verabredet?"

„Weil ich nach einer Toilette gesucht habe, nachdem die erste, die ich fand, wegen Renovierung geschlossen war."

„Und? Hast Du eine gefunden?"

„Ja, aber ganz da hinten;"

„Deshalb hättest Du bei Deinen „Erkundungsgang" trotzdem einmal hier her schauen können, denn das war ja schließlich unser Verabredungsplatz; dann hätte ich gewinkt und ..."

„Daran dachte ich erst, nachdem ich auf der Toilette war, und nun sind wir ja vereint! Hast Du etwas gegessen?"

Ich nicke, schaue ihn an, und plötzlich überfällt mich ein Lachanfall, der sich ausweitet, als Gerd mich irritiert fixiert. Immer noch glucksend laufe ich neben ihm her und stelle zum wiederholten Mal fest, dass auch ihm der Sinn für Situationskomiken fehlt, wie den meisten Männern.

„Ich möchte jetzt noch ein Eis, Du auch?"

„Nein, ich bin satt, aber iss Du mal eines, ich warte hier!" Bis ich meine Tüte mit dem *Schokomint* aufgeschleckt habe, sitzen wir auf der Kunstlederbank, betrachten die Vorübergehenden, über die wir – typisch deutsch! – unsere Kommentare loslassen, nachdem ich Gerd meine beiden Okkasionen aus dem Lederladen gezeigt habe. Wie nicht anders erwartet, kann er es wieder nicht fassen, wie ich das immer schaffe, solche Schnäppchen zu ergattern, aber ihm hierzu eine Erklärung zu geben, wäre müßig, denn er ist einer der Männer, die zu den oben beschriebenen 99% gehören, – und die haben andere Qualitäten.

Zwischen der *Pilbara* und dem Nordwest Kap, im Norden von Westaustralien, wo die meisten Bodenschätze des Kontinents gefunden werden, hat sich wieder einmal ein Zyklon aufgebaut. Das Fernsehen bringt ab und zu Bilder aus dieser Region, und man sieht, wie der Wirbelwind an den Bäumen, den Ästen und Blättern reißt, wie sich bereits bei Ankündigung eines solchen Wirbelsturms die Menschen danach einrichten, und dann von der Bildfläche verschwunden sind. Gerd erzählt aus seiner Zeit in *Darwin*, im Norden des Kontinents, als er ebenfalls solche Zyklone miterlebt hat, und er erklärt, dass *Darwin*, lange vor seiner Zeit, durch einen solchen Wirbelsturm völlig zerstört wurde. Von da an wurde für diese Region ein Gesetz erlassen, dass dort die Häuser einen kellerähnlichen, tief im

Boden eingelassenen Raum haben müssen, auf den das Haus gebaut wird und das Dach am Ende mit dem Boden, beziehungsweise mit diesem Raum baulich verbunden sein muss.

„Guter Gott, wie sehen denn diese Häuser da aus?" frage ich entsetzt.

„Das siehst Du gar nicht, das ist baulich so verbrämt, dass es sogar hübsch aussieht, und es hat den Vorteil, dass bei heftigen Cyklonen die Menschen in diesem Raum Unterschlupf finden. In Normalzeiten wird er als Keller verwendet."

Ich war noch nicht in den *Northern Territories*, eben wegen dieser tropischen Zustände, der Fliegen und des Ungeziefers, wie Kakerlaken, Moskitos etc. und den meiner Gesundheit nicht dienlichen Wettereinbrüchen, aber ich kann mir sehr gut vorstellen, welche Klettertouren das Thermometer in dieser Region veranstalten muss, wenn schon wie heute, hier in Perth, seit zwei Tagen 38 Grad Hitze herrscht, fast ohne Wind.

Wir fahren an die *beach*, legen die Handtücher und die Hüte neben die Sandalen und gehen sofort in das wie ein See daliegende grünleuchtende Wasser, dessen Temperatur ich auf meinem Thermometer ganz vorne mit 27 Grad und wieter hinten, wo man nicht mehr stehen kann, mit 24 Grad ablese. Ich schwimme meine Strecke ab, einmal Brustschwimmen, dann kraulen, und zurück im Rückenschwimmstil, der mir wesentlich besser liegt, zu meinem eifrig herumstrampelnden Mann, der sich in der heimatlichen deutschen Therme einige Übungen gemerkt hat, die er seinem Körper noch zumuten kann und die der Muskulatur und dem Skelett wieder Elastizität geben sollen. Ich habe mir hier etwas abgeschaut, was mir noch besser gefällt, die Leute *laufen* hier ganze Strecken im Wasser, und wieder zurück und ich muss sagen, das zieht ganz schön in meinem alten "Untergestell". Es ist komisch, sogar hier, wo mir ein ganzer Ozean zur Verfügung steht, und im Verhältnis nur wenige Leute im Wege sind, beim Rückenschwimmen kollidiere ich grundsätzlich mit anderen Leuten. Gerd sagt, ich müsse schauen, in welche Richtung ich schwimme, aber irgendwie klappt das nicht. Zu Hause, im Schwimmbad, halte ich mich deshalb mit dieser Schwimmart zurück, aber hier tobe ich mich aus und das Ende ist trotzdem immer ein *sorry!*, aber oft endet die Kollision in einer interessanten, lockeren Unterhaltung mit aufgeschlossenen Menschen.

Gerd steht schon draußen, wartet auf mich, damit wir unseren Strandspaziergang bewältigen. Wir laufen stramm bis normal am leise anrollenden Wasser entlang, vorbei an eifrig schaufelnden Vätern, Müttern und Kindern. Keine "Burgen" werden hier gebaut, wie in Deutschland, sondern regelrechte *Gebilde.* Man muss sie umgehen, wenn man vorne am Wasser entlang wandert, denn der Phantasie werden keine Grenzen gesetzt. In der Hoffnung auf das, was wir Flut nennen, was sich aber nur fast unsichtbar dem trockenen Sandstrand nähert, graben ganze Familien mehr oder minder lange Kanäle, durch die das anrollende Wasser in die mühsam ausgehobenen Sandlöcher laufen soll. Ungeduldig warten die noch nicht so richtig auf den kleinen Füßchen stehenden Kleinkinder in ihren Hemdchen und Höschen, auf dem Kopf einen Hut und in den Händen ein Eimerchen und ein Schippchen, dass *mam* oder *dad* den Bau erfolgreich abschließen und endlich das Wasser einläuft, denn dann plantschen sie in dieser Sandbrühe, die oft versickert, und die dann neu gespeist werden muss. Ich denke oft: "Das ist Stress pur!" Aber dann schaue ich in die hingebungsvollen Gesichter der Erwachsenen, auf die Vorbeigehenden, die aufmunternde Reden schwingen, und entschliesse mich ebenfalls hin und wieder bei einem besonders gelungenen Bau stehen zu bleiben und lobende Worte von mir zu geben. Während ich von weitem schon einen "Prachtbau an Saalburg" erkenne, einem Tunnel, der sogar mit Grenzmauern und Säulen versehen ist, sehe ich vier Erwachsene hingebungsvoll arbeiten, während zwei Jungen und ein Mädchen erwartungsvoll zuschauen.

„Wann kommt denn das Wasser?"

„ – ? – "

Deutsche Laute! Ich stehe und schaue zu. Eine der Baumeisterinnen schaut hoch, lacht und redet mich an, natürlich in englisch. Ich lache zurück und sage:

„Sie können mit mir ruhig deutsch reden!"
Alle "Tiefbauingenieure" nebst Kinder halten in ihrem Eifer ein und schauen hoch, als fühlten sie sich ertappt vom "Außendienstbevollmächtigten der deutschen Baubehörde".
Wir wechseln ein paar Freundlichkeiten, wünschen uns am Ende gegenseitig weiterhin einen schönen Urlaub, bevor ich weitergehe.

Das war gestern. Heute, als wir den gleichen Weg wieder gehen, komme ich an die Stelle der feudalen Festung. Ich kann nur schemenhaft erkennen, was gestern noch stand, aber die Flut und die Zeit haben das Ihre getan.
„Das ist mit diesen Sandbauten so, wie im richtigen Leben – nur, es geht noch schneller, die Zerstörung!"
Gerd nickt: „Ja! Aber sieh mal, da vorne bauen schon wieder andere!"
    „Und das ist dann *übermorgen* wieder verschwunden!"
    „Genau das wollte ich eben sagen"
    „Na, dann sind wir uns mal wieder einig!"
Gerd legt den Arm um meine Schulter und wir traben zu unseren Klamotten, denn 38 Grad im Schatten bedeutet etwa 55 Grad in der Sonne, und das ist selbst uns zu viel.
Der *Himmelblaue* bringt uns nach Hause, und in unserer Abwesenheit hat die auf 25 Grad eingestellte *airconditioning* im Wohnraum für Normaltemperatur gesorgt.

„Was geht es uns doch so gut!"
Gerd legt sich im Sessel zurück und nimmt einen
Zug aus der Zigarette.

„Genau! Wir sollten das immer wieder einmal
aussprechen!"

„Wir sollten uns die Inserate einmal ansehen,
ob da nicht irgendwer ein möbliertes Appartement anbietet, und dann sollten wir mit den
Vermietern Kontakt aufnehmen, damit wir eventuell Ende des Jahres, wenn wir wieder hier her-
kommen, – vorausgesetzt wir leben noch und
sind noch halbwegs fit – schon einen oder
mehrere Ansprechpartner haben." Ich beobachte
Gerd, wie er wohl auf meinen Vorschlag reagieren wird, denn bis dato war mein *Storchenmann*
nicht sehr flexibel in punkto Vorsorge für die
Zukunft. Um so erstaunter bin ich, als er tatsächlich die kleine, wöchentlich erscheinende
Mellville-Post studiert, die meistens mittwochs im
Briefkasten liegt. Und am Samstag kauft er sogar
den *West Australian*, die Zeitung für Perth und
Umgebung, in der weitere Appartements angeboten werden, neben Häusern und Grundstüc-
ken.

„So, jetzt habe ich drei Telefonnummern
herausgeschrieben, die ich der Reihe nach mal
anrufen werde", meint er dann und legt den
Zettel mit den Notizen neben das Telefon.
Vorsichtshalber schreibe ich mir diese Nummern
ebenfalls in meinen Kalender, denn dort sind sie
dann für Jahre sicher aufgehoben. In einem alten

Lederkoffer liegen zu Hause in Deutschland, fein nach Jahren geordnet, alle meine Tagebuchnotizen seit 1953, wodurch ich jederzeit, wie in einem Archiv, Daten und Ereignisse herausfiltern kann. Damit es nicht allzu öffentlich sei, habe ich mich vor zweiundfünfzig Jahren entschlossen, dieses "Tagebuch" in Steno zu schreiben, denn wozu habe ich 1950 stenographieren und Maschinenschreiben gelernt, wenn ich diese Fertigkeit nicht bis an mein Lebensende nutze? So eine alte Störchin wie ich ist sehr konservativ, und bleibt bei dem, was sich als gut und erfolgreich bewiesen hat, – zumindest so lange, bis sich etwas neues als absolut vorteilbringend herausstellt. Mit Beginn des neuen Jahrhunderts, vor sechs Jahren, habe ich, – vierundsiebzigjährig – die Computertechnik für mich entdeckt, und es gibt nichts, was ich in meinem Freundeskreis derart verteidige, wie diese grandiose Art, schnell und billig mit Menschen in aller Welt zu kommunizieren. Ich wollte Gerd den Vortritt lassen, um sich im Alter nun auf etwas technisch modernes zu kaprizieren, aber entweder habe ich ihn überschätzt oder noch immer nicht erfasst, ihn richtig in die Skala menschlicher Typen einzuordnen. Er unterzog sich dem Unterricht eines hochanerkannten, geduldigen Computerfachlehrers, der grundsätzlich nur Einzelunterricht gibt, mich aber gnädig hat "kiebitzen" lassen, so dass ich nach drei Einzelstunden in allem, was mit dem Computer zusammenhängt, wenigstens eine Ahnung hatte. Da Gerd nie von sich aus unserem Laptop zustrebte, sondern lieber zu einem Buch griff, setzte ich mich vor den Bildschirm, fragte Gott und die Kuh nach Dingen, die mir noch nicht geläufig waren und plötzlich war ich die Expertin in unserer Zweiergemeinschaft, so, wie auch beim Programmieren der im Fernsehen interessanten Filme über den Videorekorder, oder beim Einstellen des Navigationssystems im Auto. Das zweite Handy, das ich für ihn erstand, damit er jederzeit anrufen kann oder erreichbar ist, wenn er alleine wegfährt, fristet sein Dasein traurig und unbenutzt in der Seitentasche unseres Wagens.

„Ich habe viel zu dicke Finger für die kleinen Tasten an diesem neumodischen Ding; und überhaupt, wenn ich bis jetzt nicht zu erreichen war, wenn ich unterwegs war, muss das nun auch nicht sein. Es gibt nichts, was so wichtig wäre, dass es nicht Zeit hätte bis später!“

Über diese Theorie könnte man diskutieren, vielleicht sogar philosophieren, aber Gerd, meinen Philosophen kann ich nicht ändern, nicht mit über achtzig Jahren. Was soll man da machen? Er ist und bleibt letzten Endes mein australischer "Mondmann", der im letzten Jahrhundert mehr als fünfzig Jahre seines Lebens, in Australien lebte, einem Erdteil, der in punkto Zivilisation auf Grund seiner Unterbesiedlung um Jahrzehnte den anderen Erdteilen hinterher hinkte. Und er ist ein „Baumensch“, der praktisch und einfach denkt und handelt und darauf auch noch stolz ist. Und deshalb lege ich oft den Rückwärtsgang ein, wenn wir über Dinge getrennter Meinung sind, und ich irgendwann einsehe: *das* ist nicht "sein Ding", *da* werden wir uns nicht einig!. Und so kommt es oft zu überraschenden Kompromissen, wie auch in der Frage des Appartements für nächsten Dezember. Während ich oben am Laptop meine *stories* schreibe, höre ich ihn unten telefonieren. Später berichtet er, wir müssten morgen Mittag um 12 Uhr in der South Terrace sein, wo wir mit einer *Kelly* – wie gesagt, Nachnamen sind hier nicht gefragt! – ein Appartement besichtigen wollten.

Pünktlich sind wir zur Stelle. Das Haus steht unter Denkmalschutz, wurde 1898 erbaut, also cirka fünfundsiebzig Jahre nachdem in Westaustralien ein verirrtes, menschliches Wesen den Fuß auf die sandige Erde setzte. Während der nächsten zehn Minuten mit Kelly können wir nur noch staunen. Da öffnet sich zunächst die große Schiebetür elektronisch mittels Chipkarte. Durch einen größeren Hof geht es durch eine Holztür in einen Miniaturgarten und von da strampeln wir über eine hundert Jahre alte ausgetretene und ausgeblichene Holztreppe in den ersten Stock. Kelly schließt eine nagelneue Holztür auf, und wir sind in einem frisch gestrichenen etwa 25 qm großen fast leeren Raum, dessen neuer Holzboden lackiert ist. In der Mitte der Wand zum Nachbarzimmer prangt der in diesem Kontinent früher übliche, offensichtlich originale, aber nun überholte Kamin, der dieses und das danebenliegende Schlafzimmer einst wärmte, heute aber nur noch denkmalgeschützten, historischen Wert hat. Im Schlafzimmer steht nur ein modernes, höchstens 120 Meter breites Ehebett, und alle weiteren Möbelstücke, die noch angeschafft werden sollen, werden uns von Kelly in einem mir reichlich unverständlichen australisch erklärt. An dem danebenliegenden, etwa *2,50* Meter breiten, modernen Badezimmer ist erkennbar, dass es früher ein Teil des Schlafzimmers war, so wie auch vor fast 100 Jahren der Raum neben dem Wohn-Essbereich einst größer war, und dem man nun etwa 2,50 Meter für eine Küchenzeile wegnahm.

Gerd unterhält sich primär mit Kelly, aber ich höre konzentriert zu, besonders als Gerd nach dem Preis fragt.

„A$ *700.-* die Woche, mit Service. Ich habe eine Frau, die einmal die Woche kommt, um zu putzen und alle zwei Wochen die Wäsche wechselt."

„Das brauchen wir nicht, hatten wir auch nie."
„Das ist aber sehr angenehm und ich habe Kontrolle, dass alles sauber ist!"
Spätestens von da an ist alles nur noch Konversation, denn obgleich wir unsere Visitenkarten wechseln, sowohl Gerd wie ich haben dieses Appartement abgeschrieben.

Die engen, winkeligen Treppen sind für uns unmöglich, das Ganze ist zu verwinkelt und – viel zu teuer. Aber wir verabschieden uns höflich und bedanken uns freundlich.

Im Anschluss schauen wir uns von außen das andere Angebot an, das wesentlich moderner und ansprechender wirkt, – aber wir wissen ja nicht, wie es da drinnen aussieht.

„Da werde ich nochmals anrufen und fragen, ob wir solch ein Appartement einmal sehen können!"

„Ja, tue das! Je mehr Eisen man im Feuer hat, um so einfacher wird es dann, sich zu entscheiden."

Wir fahren nach Hause, im Hochgefühl, etwas für unsere etwas fernere Zukunft getan zu haben, aber der "grosse Wurf" war noch nicht dabei. Wir arbeiten daran, denn *noch* sind wir guten Mutes, am Ende dieses Jahres wieder hier ins "Sonnenland" zu fliegen.

Jeden Abend gibt es im Fernsehen lokale Nachrichten um 6 pm – auf deutsch: 18 Uhr – und Weltnachrichten um 7 pm – auf deutsch: 19 Uhr. Am Ende der Weltnachrichten rattert John, der Wettermann, für den australischen Kontinent seinen Wetterbericht herunter – unnachahmlich, einmalig und nur bei äußerster Konzentration im Wort verständlich. Die Karte hilft dem Zuschauer, Johns wortreiches Trommelfeuer zu begreifen, und weil Johns Prognose grundsätzlich zu 99 % stimmt, wissen wir, dass wir ab *1.3.06* mit einer mindestens fünftägigen Hitzewelle zu rechnen haben, die uns bis zu 39,5 Grad Celsius bescheren wird. Halleluja! Zum *5.3.06* hat sich Logierbesuch angesagt: Mein Sohn Lars hat in Dubai zu tun und fliegt für eine Woche hier her, um Urlaub zu machen, in der Sonne zu liegen, das warme Seewasser zu geniessen und einmal nichts von der Berufswelt in Europa zu hören und zu sehen – Telefongespräche sind die Ausnahme, welche die Regel bestätigen. Er besucht uns nun zum vierten Mal auf diesem Kontinent, immer nur für wenige Tage, aber es läppert sich allmählich zusammen, denn er kennt mittlerweile schon einiges auf diesem Kontinent, wenn auch im Schnellverfahren. Diesmal will er sich nur erholen, denn der seit fünfzig Jahren härteste Winter in Europa im allgemeinen und in Deutschland im speziellen, setzt den Bürgern zu.

„Weißt Du noch, als wir vor zwei Jahren aus dem Gebäude des Airports kamen, und uns am späten Nachmittag die Hitze entgegenschlug wie eine auflodernde Flamme? Damals haben alle gesagt, es sei der bis dahin heißeste Tag im Dezember gewesen. Mittlerweile scheint man immer öfter mit solchen Temperaturen leben zu müssen. Ob das mit der Erwärmung der Erde zusammenhängt?"

Es ist Abend, als unser Besuch von einer Taxifahrerin in unser Appartement gebracht wird,

Dieser Taxidienst gehört bei der Fluglinie *Emirate* dazu, ist im Preis inbegriffen.

„Du musst mir sagen, wenn es Dir in dem leider sehr kleinen Gästezimmer zu heiß ist, dann kannst Du unten im Wohnzimmer auf dem großen Sofa liegen, da ist wenigstens *airconditioning* einschaltbar."

Er bezieht sein Zimmer, wirft mangels Schrank und Kommode seinen Kofferinhalt auf eines der Betten und schläft – gesund und noch jung genug – nur mit einer Badehose bekleidet in den nächsten Morgen.

Ich wache auf. Der *fan* surrt auf Hochtour, aber schon am frühen Morgen ist absehbar, was der Tag an Sonnenhitze bringen wird. Im Zimmer dürfte es jetzt schon etwa 30-34 Grad warm sein, und von draussen kommt durch die offene Schiebetür der schon jetzt warme Wind durch die heruntergelassenen *blinds*.
Nach dem Frühstück fahren wir mit unserem Gast an die fast menschenleere *beach*. Die Sonne sticht, Wind ist nur andeutungsweise zu spüren, und wir beschließen, sofort ins Wasser zu springen. Lars muss aufpassen, keinen Sonnenbrand zu bekommen. Ich creme ihm mit seiner eklig schmierigen Lotion den Rücken ein und stelle dabei fest, dass ich so etwas nie benötige, weil ich eigentlich immer eine gewisse Bräune habe, auf Grund unserer Lebensweise.

Der Sand ist heiß, das spüre ich sogar trotz meiner fast tauben Füße, für die kein Arzt eine einleuchtende Erklärung hat, und mit denen ich deshalb einfach gottergeben lebe. Die Abkühlung im Meer ist eine Wohltat. Ich habe das Thermometer mitgebracht. Heute beträgt die Wassertemperatur 28-25 Grad, je nachdem, wie weit man hinaus schwimmt.

Gerd und ich machen unseren routinemäßigen Spaziergang entlang der träge anrollenden, heranschwappenden Wellen. Wir sehen heute keine Sonnenanbeter, keine Mütter mit ihren Kleinkindern, und auch an der Buhne lagern keine Menschen.

In den nächsten Tagen bleibt uns die Hitze erhalten, aber wir gehen tapfer zu unserem *swim* am Morgen. In unserem Appartement surrt zwischen Zimmerdecke und Wand im Wohnzimmer die kalte Luft in den Raum und macht das Leben hier erträglich. Gerd telefoniert mit dem Anbieter eines Appartements in Fremantle.

„Um 1 Uhr sollen wir uns mit *Vince* treffen; das hat er vorgeschlagen und ich habe zugestimmt."

„Da kann ich ja vorher noch die Wäsche bügeln!"

Ich stelle das Bügelbrett im Badezimmer auf, fülle Wasser in das Bügeleisen und beginne Gerds und Lars' Hemden mit Dampf zu bügeln. Plötzlich tropft es aus dem Boden des Bügeleisens. Ich schüttele etwas kräftig, als sich nahezu das Unterteil des Bügeleisens herauswölbt. Auf das Hemd fallen dicke Tropfen. Ich versuche sie durch überbügeln zu trocknen, aber immer mehr Wasser ergiesst sich auf das Hemd. Plötzlich höre ich nebenan, aus dem Gästezimmer die Stimme des Sohnes:

„Das Licht ist aus – das Radio auch, – hast Du 'einen Kurzen' gemacht?"

An meinem Bügeleisen regt sich ebenfalls nichts mehr, außer, dass es tropft wie blöde. Die Metallplatte hängt mehr als einen Zentimeter entfernt zum eigentlichen Eisen.

„Na, Gottlob war es das letzte Wäschestück, was zu bügeln war!"

Gerd ruft unsere Mrs. Newman an, schildert ihr genauestens die Situation, wobei er erwähnt, dass „unser Besuch als erster bemerkt habe, dass der Strom ausgefallen ist". Und wie reagiert unsere – "Landlady"?

„Wieso haben Sie Besuch? *Das* war aber nicht vereinbart, dass das Gästezimmer benutzt wird."

Mein Storchenmann ist ein lieber, guter, geduldiger Mensch, der bei jedem Streitgespräch lieber zuhört als mitstreitet, denn seine weise ostpreußische Mutter hat den Satz geprägt:„Halte Dich raus – warum Streit anfangen?"

Mrs. Newman hat es offensichtlich fertig gebracht, diesen gemäßigten, ruhigen Vertreter mit ihrer Entgegnung aus der Reserve zu locken. Ich habe dieses Telefongespräch nicht miterlebt, weil ich nicht im Haus war, aber ich habe Gerd erlebt, der mir davon berichtet hat, und weiß nun wieder einmal, dass in seinem tiefsten Inneren eine erhebliche Portion Temperament verborgen ist.

Die gute Mrs. Newman schien offenbar tatsächlich der Meinung zu sein, dass sie bestimmen könnte, ob ihre Mieter, die ein Zweibettzimmerappartement gemietet haben, dieses zweite Gästezimmer benutzen dürfen oder nicht, – und das für A\$ *450.*- pro Woche, also für ein Preis, der für ein ordentliches, gutausgestattetes Appartement akzeptiert werden könnte, aber nicht für eine Kaschemme, die langsam aber sicher nach zwölf Wochen Mietzeit in die Knie geht.

Offensichtlich hat Gerd ziemlich massiv mit dieser Grundtendenz argumentiert und die gute Frau auch letztlich ruhig gestellt, denn sie meinte schliesslich, sie werde wegen des Kurzschlusses gleich kommen, um vielleicht schnell Abhilfe zu schaffen, aber wenn es etwas ernstes sei, wäre erst am Montag Hilfe zu erwarten, denn heute sei ja nun mal wieder Samstag, und da sei kein Handwerker zu bekommen.

„Weißt Du eigentlich, dass es gleich 12.30 Uhr ist, und wir um 13 Uhr mit Vince verabredet sind, der uns das andere Appartement zeigen will?"

Gerd kritzelt auf ein Stück Papier eine Nachricht für Mrs. Newman, schreibt ihr, dass wir in der Zwischenzeit draußen (für jedermann erreichbar!) den Sicherungskasten gefunden, und die Sicherung wieder eingedrückt haben, dass damit alles wieder o.k. sei, und wir zwecks Wahrnehmung eines Termins nun weggefahren seien.

Wir tummeln uns, pünktlich zu sein, suchen nach Vince, finden ihn nicht, und ich hantiere mit dem Handy, in das ich die Nummer eingegeben habe. Über mir, auf dem Balkon ertönt ein Klingeln, und ich schaue hoch. Anschließend sprechen Vince oben und ich unten in unsere Handys, und dabei sehen wir uns an und beginnen zu lachen.

„I'll come down!"

Ein eher kleiner, drahtiger junger Mann in Jeans und zu weitem T-Shirt, auf dem deutlich Farbspuren zu erkennen sind, kommt auf grauschwarzen, fleckigen Turnschuhen eilig angelaufen, hat ein strahlendes Lächeln in dem braungebrannten Gesicht unter dem *struwwelpeter*-ähnlichen, wilden Haupthaar, und führt uns in einen großen, hohen, als Küche ausgewiesenen Raum mit einer herrlichen Stuckdecke, die mich an mein Elternhaus in Deutschland erinnert. Er erzählt, dass dieses ehemalige Hotel der Gründerjahre unter Denkmalschutz stehe, und in der Zwischenzeit in Eigentümer-Appartements aufgeteilt sei. Ich betrachte die riesigen, sich langsam drehenden hölzernen Arme des *fans* der an der Küchendecke angebracht ist und dessen Windentwicklung mich wie ein kühler Fächer umweht, und dabei denke ich an die alten Einwanderer, die auch damals schon Wege gefunden hatten, sich ohne großen Umstand zu helfen. Ich gehe in das Schlafzimmer mit dem relativ schmalen, hölzernen Doppelbett und betrete den uralten, breiten, überdachten Balkon mit dem reich ziselierten schmiedeeisernen Geländer, auf dem man auch gemütlich bei einem Regenguss sitzen kann. Von weiten sehe ich die Wiesen vor unserer *beach*, und gegenüber verladen zwei starke Kerle Fische in einen Lieferwagen, denn die Firma *Sealanes*, eine der größten Fischspezialisten Westaustraliens, ist hier, gegenüber dem ehemaligen Hotel, angesiedelt. Ich betrete das Gästezimmer, das ähnlich wie das Schlafzimmer ausgestattet ist, komme wieder zurück zur Küche und schaue in das danebenliegende, ebenfalls sehr geräumige Badezimmer, in dem Badewanne und Dusche, eine hochmoderne, neue Waschmaschine und sogar ein Trockner untergebracht sind. Ich setze mich auf das *Chesterfield* Ledersofa in der Wohnküche, begutachte den modernen Fernseher und das Videogerät darunter und denke, dass es nicht ohne Charme wäre, hier einmal zu wohnen. Gerd und Vince tauschen Adressen aus, Telefonnummern, Mailadressen, und dann kommt – ehrlicherweise durch Vince – das Handicap dieser Wohnung zur Sprache: Unten in dem Pub wird zwei Mal wöchentlich „Musik gemacht", was immer man sich unter diesem Slogan vorstellen mag.

Und damit ist eigentlich für uns die ganze Sache schon wieder abgehakt, denn weder Gerd noch ich können es sich vorstellen, eine solche, heutzutage überlautstarke Szene zu tolerieren.

Der Sonntag ist *Kalamunda-Tag*. Unsere alten Freunde freuen sich, Lars wieder zu sehen. Es ist ein herrlicher Besuchstag, denn das Thermometer zeigt nur 28 Grad an.

Am Abend sagt John in der Wettervoraussage, dass es in der ganzen kommenden Woche nur etwa 30 Grad warm werden soll. Wie immer hat er recht und wir sonnen uns am Montag genüsslich und geniessen das warme Wasser des Indischen Ozeans. Im Sand liegen die Sonnenanbeter nur noch vereinzelt. Auch meine alte Malerin, die ihren festen Platz an der Buhne hatte, und mit der ich irgendwann ins Gespräch kam und mich dann immer unterhielt, wenn sie anwesend war, lässt sich nicht mehr blicken. Ich vermisse sie, ihre langen weißen Haare unter dem großen blauen Hut, ihre Fragen und ihr freimütiges Erzählen. Ihre Vorfahren kommen aus Russland und England, und sie ist auf eigenwilligen Wegen auf diesen Kontinent verschlagen worden, wie so viele, die hier leben.

Und unsere "Herzileins" sind verschwunden, das eigenartige Pärchen mittleren Alters, das immer auf der Bank unter den großen Bäumen zwischen Parkstreifen und Wiese vor der *beach* im Schatten sass. Er, der Dicke, wie einer der *Wildecker Herzbuben*, mit dem weißen Rauschebart, und sie, ebenfalls eine Dicke mit langem etwas wildem, ungepflegtem Haar.

Es ist Herbst an der *beach*, obgleich das Thermometer noch 30 Grad im Schatten anzeigt.

Mitte März gleicht der Mitte des September in Deutschland – kalendermässig, aber nicht wirklich vergleichbar, denn Europa und Australien hat eigentlich nichts gemein, aber auch rein gar nichts.

Ende der Woche machen sich die alten *Störche* auf und fliegen dem Frühling in Deutschland entgegen, der momentan noch mit Eis und Schnee aufwartet.

18.3.2006

Heimflug

Die Koffer stehen seit gestern Abend gepackt neben der Eingangstür unseres Appartements.

„Du glaubst ja nicht, wie perfekt ich getimed habe, bezüglich unserer Lebensmittel!"

Gerd sitzt – wie immer – mit der Lesebrille auf der Nase am Fenster des Wohnzimmers und liest. Sein Koffer war in Minutenschnelle gepackt, und er kann es heute wie gestern nicht verstehen, dass ich Stunden, möglichst einen ganzen Tag benötige, um alles zu verpacken, was ich von einem in den anderen Kontinent befördern will.

„Na, das ist ja schön!"

Ich hätte meinen kleinen linken Finger verwettet, dass dies die Antwort sein wird. Man kennt sich auch nach nur sechs Jahren perfekt. Plötzlich lässt er das Buch sinken:

„Haben wir das ganze Wasser tatsächlich getrunken, und *Nescafe* war doch auch noch vorrätig, wie auch Butter und Brot?"

„Ich habe alles sorgfältig verpackt unserer Nachbarin vor die Tür gestellt und einen Zettel dazu gelegt, dass wir nach *germany* fliegen, und als ich eben noch einmal draußen war, war sie gerade dabei, alles zu inspizieren. Sie hat sich bedankt, als hätten wir ihr ein Vermögen hinterlassen und gesagt, wie leid ihr das tut, denn wir wären so sympathische Nachbarn gewesen."

„*Ah!* Das ist gut!" Und nach einem Blick auf seine Armbanduhr: „Ich glaube, wir sollten losfahren; besser zu früh am Flugplatz, als wohlmöglich nervös im Stau zu stehen!"

Der dunkelblaue Himmel ohne Wolken begleitet uns beim Abschied, wie er uns vor drei Monaten begrüßt hat. Natürlich ist von einem Stau keine Rede – wir sind ja auch überpünktlich – und wir fahren unseren *Himmelblauen* vor die Eingangstür des Airports. Unfairer Weise muss man A\$ 3.- für einen Gepäckwagen berappen, und den Betrag bekommt man noch nicht einmal zurück, denn nach dem Einchecken lässt man das Gefährt einfach stehen. Gerd bringt den *Himmelblauen* auf den Parkplatz, wirft den Schlüssel in die Box bei der Firma *Budget* und hilft mir, meine Zentnerlasten zum Schalter zu schieben. Wer *businessclass* fliegt, wird bezüglich Gepäckübergewicht großzügig bedient. Mein grüner Koffer, meine schwarze Reisetasche und Gerds Koffer liegen auf dem Band, versehen mit kleinen roten Geschenkbändern an allen Ecken, damit wir alles später auf dem "Karussell" in Deutschland sofort erkennen. Mit einem kleinen Rucksack, der Handtasche und meinem Videofilmapparat wandere ich neben Gerd her, der mein Laptop und seine Bordtasche trägt. Es erwartet uns der *check*. Gerd durchschreitet ein imaginäres Tor und es piept zum Gotterbarmen. Er erklärt, wie immer, dass er zwei künstliche Hüften hat. Trotzdem muss er noch die Schuhe ausziehen und nochmals durch das Tor gehen. Wieder piept es, aber diesmal scheint man ihm zu glauben, wenn man ihm auch pro forma mit den Händen über die Hüftpartie fährt, als ob man damit die Titanstäbe erspüren könnte. Ich bin ohne Probleme durchgekommen, nebst Rucksack und Handtasche, und warte auf ihn. Gerd packt alle Gegenstände aus der Schale wieder ein, die er zuvor abgegeben hatte und wir wandern erleichtert weiter.

„Weißt Du, ich denke wir kaufen hier in Perth im *duty free* unsere Zigaretten, denn jetzt haben wir Zeit dazu und in Brunei wird es knapp."

„Na, dann setze ich mich hier hin und warte auf Dich!" Und damit nimmt er das Handgepäck und macht es sich auf dem Gang zwischen den hellerleuchteten Geschäften gemütlich.

Befriedigt darüber, ihn beim Einkauf los zu sein, trabe ich los, und ein Schmunzeln zieht über mein Gesicht, denn ich will noch in der Geschenkboutique ein paar Mitbringsel einkaufen, da ich am Ende nun doch nicht mehr meinen Einkaufsbummel per Bus in die City geschafft habe.

Gerds Mundwinkel zucken verdächtig, als ich mich ihm nähere, beladen mit zwei großen Tüten. „Die Zigaretten bekommen wir oben im *Duty Free Shop*!"

„Und was hast Du nun alles da in den Tüten?"

„Ach, nur ein paar Kleinigkeiten für die Kleinen von Cornelia, Annette und Denise!" Ich versuche meinem Gesicht den Stempel aufzudrücken, der Gerd gegenüber die Aussage macht: „Lass das alles mal meine Sorge sein!" – und wie immer funktioniert das.

„Na, dann gehen wir mal einen Stock höher!" Er ist doch ein richtiger Schatz, und sehr lernfähig, denke ich dankbar, denn Debatten lieben wir eigentlich beide nicht, und die Hoffnung, dass Gerd gegen meine Kaufwut ankommen könnte, hat er längst aufgegeben.

Mit zwei Stangen Zigaretten à 250 (anstatt 200) und einer Stange à 200 (die ich im Rucksack, ganz unten verstecke), wandern wir in die Lounge, trinken dort einen Kaffee und Tee, blättern in den Illustrierten. Als die Zeit gekommen ist, streben wir dann unserer *Boeing 767* zu.

Eine hübsche Flugbegleiterin im langen, engen Kleid, empfängt uns. Um ihre nur im Ansatz sichtbaren dunklen Haare ist ein hauchdünner weißer Schal locker geschlungen und am Hals befestigt, und ein kleiner, runder Hut sitzt wie eine Krone auf der Kopfmitte. Ihr Kollege könnte in einer Operette auftreten, in seiner dunkelblauen Uniform, mit den goldenen Knöpfen und

Tressen. Beide bemühen sich rührend um unser Wohl. Es dauert nicht lange, dann hebt der Flieger pünktlich ab. Noch einmal schaue ich auf unsere zweite Heimat aus der Vogelperspektive, schicke noch einen Gruß an den kristallgrünen Indischen Ozean und verdränge die herankriechenden Überlegungen, ob wir es am Ende des Jahres noch schaffen, dieses Paradies noch einmal zum besuchen. – Mit nahezu 82 und 80 Jahren müssen solche Zweifel erlaubt sein!

Termingerecht landen wir in Brunei. Mit Sack und Pack verlassen wir den Flieger und wandern über lange Gänge, um auf einer Tafel festzustellen, wann und wo wir dann weiterfliegen. Bereits nach 45 Minuten betreten wir wieder eine *767*. Alles wiederholt sich und pünktlich hebt das Flugzeug ab. Wie auf der Hinfahrt landen wir in Bangkok , müssen den Flieger verlassen, denn die Maschine wird betankt. Als wir zurück kommen, erklärt die Flugbegleiterin, dass wir in *Sharjah* nochmals zwischenlanden, um wieder zu tanken. Wir fliegen seit vielen Jahren, mit allen möglichen Fluggesellschaften nach Australien, aber so etwas haben wir noch nie erlebt. Bei jeder Landung verlieren wir eine Stunde, und so summiert sich dies alles dahingehend, dass wir am Ende 24 Stunden unterwegs sind, ein bisschen viel, wie wir denken. Aber vielleicht war dieses etwas ältere Modell eines Flugzeugs, mit einer etwas kleineren Tankkapazität der Grund, dass der Preis für den Flug wesentlich billiger war, als alle anderen. Wer sparen will, muss Nachteile in Kauf nehmen.

Um 6.30 Uhr MEZ landen wir in Frankfurt. Auf dem "Karussell" kreisen bereits die Koffer und Taschen. Gerd stellt sich auf der einen Seite auf, ich auf der anderen. Auf mich trudelt mein grüner Koffer zu, der zentnerschwere, und während ich versuche ihn anzuheben, stürzt eine Frau herbei, um mir zu helfen. Ich bedanke mich und wende mich schnell um, denn Gerds Koffer wandert auf mich zu. Ich schaffe ihn allein auf den Wagen und warte auf meine schwarze Tasche. Meine rechte Hand hat schon den Taschengriff erfasst, als ich bemerke, das ist ja gar nicht mein Eigentum. Ich stehe und warte, neben mir die nette Dame, die ebenfalls auf ihr Gepäck wartet, und dann kommt wieder eine schwarze Tasche. Als ich einen Schritt vorwärts mache, höre ich schon die freundliche Stimme: „Warten Sie, ich helfe Ihnen wieder!" und damit hievt sie die Tasche auf meinen Wagen und freut sich über meinen Dank. Mit dem schweren Gepäck suche ich Gerd auf der anderen Seite, finde ihn und wir gehen voller Eintracht zur Passkontrolle. Mit zwei Stempel in zwei Pässen werden wir freundlich entlassen. Zwei grünuniformierte Damen stehen übernächtigt am Ausgang. Sie schauen uns unbeteiligt an, während ich mich und meinen Rollwagen zügig an ihnen vorbeischiebe. Gerd verlangsamt seinen Schritt, und ich rufe ihm zu: „Na, komm schon!"

Die Beamtinnen interessieren sich nicht für uns, stellen keinerlei Fragen, stehen einfach so herum und erinnern an Puppen im Kaufhaus. Gerd kommt hinter mir her, kopfschüttelnd, und leise murmelnd: „Man glaubt es doch nicht! Wofür stehen die denn da? Nun erleben wir das schon zum dritten Mal."

„Na ja, morgens um diese Zeit!"

Draußen steht der Filius und freut sich, dass wir wieder da sind. Er selbst kam erst am Vortag aus Dubai zurück, wo er geschäftlich zu tun hatte. Er verfrachtet unser Gepäck in sein Auto und bringt uns nach Hause. Die Schwiegertochter hat mit zwei tüchtigen Helfern unser Appartement renoviert, tot schick ist alles, und wir sind sprachlos. Es ist das vorgezogene Geburtstagsgeschenk zu meinem Geburtstag im November, an dem ich achtzig werde.

Gerd hat in fünfzehn Minuten seinen Koffer ausgepackt und die Klamotten schon wieder im Schrank versenkt, als ich erst beginne. Der grüne Koffer ist leer, und ich hebe die schwarze Tasche hoch, stutze, und begreife, dass es nicht meine Tasche ist.

„Gerd, ich habe eine falsche Tasche mitgenommen!"

„Ja, und nun?"

Ich denke kurz nach. Dann rufe ich die *Brunei Airline* an, die mich mit der Abteilung für verschwundene Gepäckstücke verbindet.

Ich schildere meine Situation, und der Mann am anderen Ende der Leitung meint:

„Geben Sie mir doch die Nummer *Ihres* Gepäckstückes an, dann sehe ich nach, ob es abgegeben wurde."

Gottlob ist meine schwarze Tasche dort abgegeben worden, wartet auf mich, und ich bin gehalten, die fremde Tasche dort abzugeben, bevor ich meine Tasche erhalte. Wozu hat man einen Sohn ? Dafür, dass er mich nochmals zum Flugplatz fährt, um meine Altersdemenz zu korrigieren.

Eine Reise mit "gemäßigten Hindernissen" könnte man es nennen. – "Warum einfach, wenn es auch umständlich geht", möchte man sagen.

Gerd beginnt bereits am Nachmittag zu gähnen. Um 20 Uhr höre ich ein mir bekanntes schnarchendes Geräusch aus dem Schlafzimmer, und plötzlich ist mir klar, dass ich auch totmüde bin. Es wäre jetzt 3 Uhr nachts in Perth, – mein Körper verlangt nach Schlaf. Es ist immer ein Erlebnis, zum ersten Mal wieder in einem Bett zu schlafen, das man zwar kennt, aber an das man sich auf Grund unserer eigenwilligen Lebensweise immer wieder erneut gewöhnen muss. Im Einschlafen denke ich:

„Eigentlich sind wir ganz schön fit und anpassungsfähig für unser Alter!"

Das alte *Storchenpaar* ist in Europa gelandet, hat sein diesbezügliches *Nest* bezogen, wird in einigen Wochen weiterziehen in den hohen Norden, an die Ostsee, und wird dort sein drittes Appartement beziehen für die Sommermonate. Es wird in *Gramkow* vorbeifahren an dem hohen Baumstamm, und die kahle Spitze des Stammes absuchen, ob bereits das richtige Storchenpaar eingetroffen ist, das alljährlich dort brütet.

„Du musst doch zugeben, dass es zwischen denen da oben und uns eine Ähnlichkeit gibt!" werde ich dann sagen, und ich wette, dass ich die Antwort meines Storchenmannes kenne:

„Ja, in gewissem Sinn, – nur brüten, *das* tun wir nicht mehr!"

Ein altes Storchenpaar auf Wellnessreise

Einleitung

Hallo! Hier sind wir wieder, das "Alte Storchenpaar", das für den Winter 2006/7 eine Eingabe an den Wettergott gemacht hat. Es hat ihn darum gebeten, einen milden Winter für den Raum Deutschland zu programmieren, damit das alte Storchenpaar in den deutschen Gefilden nicht sofort erfriert und in Wehmut an die vielen sonnigen Sommermonate in Perth, Westaustralien, denkt. Offensichtlich haben wir beiden Alten einen guten Draht zum Wettergott, denn – wie jeder weiß – der Winter 2006/7 war der weitaus wärmste seit Jahrzehnten.

„Wann fliegt Ihr wieder nach Australien?"

„Dieses Jahr bleiben wir in Deutschland!"

„Wieso?"

„Weil uns unser Bauchgefühl signalisiert, dass man in unserem Alter etwas sorgsamer kontrollieren sollte, inwieweit dem Körper ein solch massiver Klimawechsel zuzumuten ist, ganz abgesehen von den weltweiten, schikanösen Untersuchungen und Kontrollen auf den Flugplätzen beim Einchecken, Zwischenlanden und Auschecken und dem "Gewürge" mit dem schweren

Gepäck, bis man endlich in seinem Appartement ist."

„*Hm*! Da ist etwas dran! – Aber Ihr seid doch nicht weniger fit als vor einem Jahr!"

„Darauf möchten wir nicht wetten. Ich bin schließlich nun auch achtzig Jahre alt, Gerd ist zwei Jahre und sechs Monate älter, sollten wir allein aus diesem Grund nicht eine gewisse Vorsicht walten lassen? Ich wage es mir nicht vorzustellen, dass einer von uns in ein australisches Krankenhaus einziehen müsste. Gerd hat noch nie in seinem Leben ein solches von innen gesehen, und noch niemals ein Familienmitglied in eines begleitet. Ich verstehe schon in Deutschland kein Wort, wenn ein Mediziner sein unverständliches fachchinesisch loslässt, geschweige denn, wenn ein australischer Arzt mir seine Erklärungen abgeben würde. Man stelle sich vor, mein Visum sei abgelaufen und Gerd läge im Krankenhaus – dieser Behördenlauf! Nein, nein und nochmals nein! Wir hatten in den vergangenen Jahren alles Glück dieser Erde, dass wir stets gesund waren, und Gerd hat mir auf diesem Kontinent alles gezeigt, was sehenswert ist. Wir haben stets gesagt, wir reisen so lange miteinander herum, bis uns unsere Körper die Grenzen setzen; und jetzt sagt uns unser Bauchgefühl: „Lasst es gut sein!" Ab sofort werden wir nur noch zwischen Oberursel und Wismar pendeln, wo wir unsere Appartements haben und uns zu Hause fühlen, und wo es genügend Menschen

gibt, die im Notfall helfend einspringen können. Ich weiß nicht, wann es soweit ist, dass ich auch diese 600 Kilometer nicht mehr mit dem Auto problemlos zurücklegen kann, vorläufig klappt es noch mit meiner Konzentration."
Mit solchen Erklärungen konnten wir eigentlich alle überzeugen.

In meiner Einladung zu meinem runden Geburtstag machte ich klar, dass wir zwei Alten eine zwar gemütliche und zentral gelegene, aber doch reichlich beengte Appartementwohnung unser Eigen nennen, und ich deshalb darum bitten müsse, von Geschenken voluminöser Art abzusehen, dass ich mich aber über einen kleinen Obolus für meinen in Arbeit befindlichen Jahrhundert Roman *Sandkörnchen zwischen Ebbe und Flut* sehr freuen würde. Die meisten Gäste entsprachen meiner Bitte, andere suchten nach einem individuellen Geschenk, und meine Tochter nebst Familie legten zusammen, um uns ein Wellness-Wochenende in einem Fünf-Sterne Hotel zu überreichen. Wir ließen den lauwarmen Winter vorübergehen, und als der vorgezogene Frühling im April einen fast sommerlichen Anstrich hatte, planten wir die Reise, die für uns zwei alte Störche aus dem letzten Jahrhundert zu einem Erlebnis wurde.
Es ist Sonntagvormittag. Das nervtötende Glockengeläute der unserem Appartement gegen-

überliegenden evangelischen Kirche ist endlich verstummt.

„Gerd, ich fahre das Auto vor die Tür. Bringst Du den Koffer heraus? Meine Handtasche und die Jacke nehme ich selbst mit."

Ich trete vor unser kleines Appartementhaus, werfe einen Blick auf den blauen Himmel und drücke auf den großen schwarzen Knopf des Autoschlüssels, woraufhin sich mit einem satten Schmatzen die Verriegelung des nun dreizehn Jahre alten Mercedes öffnet. *Thomas* habe ich damals das Auto getauft, denn der Tag, als er "mein Auto" wurde, war der Geburtstag meines Großvaters Thomas. Gerd steht mit dem Koffer auf der Strasse, öffnet den Kofferraum und verstaut ihn, bevor er sich mit einem befreiten Seufzen neben mir nieder lässt. Ich programmiere "Miss Voice", mein betagtes Navigationssystem, ohne das ich ein für alle mal verloren bin. Wenn ich es mir aussuchen kann, fahre ich am liebsten sonntags, wenn die Laster von Gesetzes wegen von der Autobahn verbannt sind. Und so ein Sonntag ist auch heute, an dem Gerd und ich mit sehr gemütlichen 130 km/h dahinrollen, den Klängen des Radios lauschen und hin und wieder auch einmal mitsingen. Schneller, als wir es gedacht haben, erreichen wir unser Ziel.

Gerd und ich, das alte Storchenpaar, waren uns darüber im Klaren, dass wir zwei Tage lang die Chance erhalten, einen Blick in das Leben der Schönen und Reichen werfen zu dürfen, sich mit deren Gepflogenheiten vertraut zu machen, und dann Bilanz zu ziehen.

Als wir in die Tiefgarage des Traumhotels einfahren, leitet uns ein Pfeil zum Eingang, neben dem eine elektrische Schuhputzmaschine die stumme Aufforderung zur Sauberkeit ausstrahlt.

„Komm, gehen wir erst einmal hinein und sehen uns den Laden an!"

„Na gut! Bei der Gelegenheit melden wir uns bei der Rezeption."

Als wir der schweren Glastür näher kommen, schwenkt sie mit einem leisen Ton automatisch auf und klappt hinter uns ebenso wieder zu. Wir betreten das Untergeschoss des Hotels, fragen nach der Rezeption und enden in einem eleganten Lift, dessen farbgedämpfte Spiegelwände uns davon überzeugen sollen, dass wir eigentlich viel attraktiver sind, als wir gedacht haben. Hinter dem Tresen der Rezeption scheinen zwei Damen und ein Herr nur auf uns zu warten. Vor drei Wochen hatte ich unser Kommen avisiert, und nun werden unsere Namen in den Computer eingetippt, und dann anschließend der Gutschein zustimmend entgegengenommen, der beinhaltete, dass wir von Sonntagabend bis Dienstagfrüh dort wohnen und speisen dürfen. Anschließend wird uns bestätigt, dass wir im *Beauty*- und *Wellness-Bereich* geknetet, gebadet und verschönt werden, wie dies der zweite Gutschein aussagt.

„Sind Sie mit dem Auto gekommen?"

„Ja!" Ich weise meine ganz normale Parkkarte vor, die ich bis zum Abreisetag wegstecken darf, denn ab sofort erschließen sich uns alle Türen innerhalb dieser Residenz mit den goldenen Zimmerkarten, die uns überreicht werden.

„Es wäre vielleicht gut, wenn Sie die diversen Anwendungen direkt unten, im Beauty- und Wellness-Bereich noch heute buchen würden."
Die tadellos geschminkte, nach der neuesten Mode frisierte Dame im dunkelblauen Zwirn, hinter dem Tresen beugt sich mir eifrig und freundlich zu.

„Haben Sie Gepäck?"

„Ja, natürlich! Wir....."

„Josha!"
Bevor ich eine Antwort finde, steht ein fescher, junger Mann in Livree vor uns, dessen dunkle Kulleraugen strahlend zwischen Gerd und mir hin und her blicken, während die perlweißen Zähne in dem sympathischen, schwarzen Gesicht leuchten. Im Aufzug beginnt Gerd mit ihm ein Gespräch in englisch. Er kommt aus Südafrika und als er erfährt dass Gerd Australier ist, meint er mit einer leicht heißeren Stimme:

„It must be a marvellous country!"
Josha rollt den Koffer durch die Tür, die er mit der goldenen Karte geöffnet hat, bedankt sich für das Trinkgeld und verschwindet diskret.

„Na, was sagst Du zu diesem Zimmer?" Ich schaue Gerd fragend an.

„Was heißt hier Zimmer, das sind zwei Zimmer mit Küche und Bad!"

„Wozu die Küche?" Ich schaue etwas irritiert in den gut ausgestatteten Raum.

„Keine Ahnung!"

„Hier, das Zimmer mit Schreibtisch und Telefon, das entspricht den Vorstellungen eines Managers, der in den vier Wandschränken ein ganzes Sortiment von Anzügen und Hemden nebst Schuhen, Socken und Hemden unterbringen kann."

„Gerd, ich fahre nochmals in den Wellness-Bereich und mache die Termine fest für morgen und übermorgen."

Nachdem ich zwei verkehrte Aufzüge benutzt und mich in etlichen Gängen verlaufen habe, erreiche ich das Ziel und stehe vor zwei jungen Damen. Ich nenne meinen Namen, erhalte für den nächsten Morgen einen Termin um 10 Uhr, für eine ausgiebige Kosmetikbehandlung, erlebe aber dann die ersten Schwierigkeiten, als es um die Erfüllung der vorbezahlten Anwendungen geht.

„Sie haben eine Ayurveda Behandlung gebucht, aber leider ist der einzige Kollege, der sie verabreicht, montags nicht da. Wir könnten sie am Dienstag behandeln."

„Keinesfalls, Dienstag müssen wir um 11 Uhr das Zimmer räumen. Bis ich nach einer solchen Behandlung mich geduscht und die ölverklebten Haare gewaschen und gefönt habe, ...da ist mir die Hetze zu groß. Was könnten wir denn anstatt Ayurveda sonst noch buchen?"

Die Damen studieren eifrig die Möglichkeiten, vergleichen die Preise und bieten am Ende an:

„Sie könnten mit Ihrem Mann zusammen ein *Sissi-Bad* von 25 Minuten nehmen, und hinterher erhält dann jeder von Ihnen die Massage."

„Und was, bitte ist ein *Sissi-Bad*"?

„Das ist eine große Badewanne, in der man allein, aber auch zu zweit liegen kann. Sie baden in einem wundervollen Rosen-Cremebad."

„ – ! *Hm*! Na gut! Buchen wir dieses „Sissibad zu zweit" und anschließend die Massagen.

Nachdenklich fahre ich auf dem gleichen Weg wieder ins Zimmer, berichte Gerd, was ich ausgerichtet habe, und er meint:

„Gott sei Dank, dass mir diese Ayurveda-Behandlung erspart wird! Ich habe gerade im Prospekt gelesen, da wird einem heißes Öl auf die Stirn geträufelt – im Liegen – das Zeug rinnt einem doch zweifellos ins Haar, und dann klebt man überall!"

Ich fange laut an zu lachen und kann nur zum hundertsten Mal feststellen: Wir sind uns schon wieder einig! Auch ich bin zufrieden mit der Umstellung, wie immer sie auch ausfallen wird, denn genau diese Sache mit dem heißen Öl, die hat mir auch nicht gefallen, auch wenn Wellness-Fanatiker davon schwärmen.

„Wollen wir nicht vor dem Abendessen eine Runde schwimmen?"

„Schwimmen? Immer!"

Im weißen, hoteleigenen Bademantel über dem Badeanzug, an den Füßen die blauen, mit dem Namen des Hotels versehenen Froteeschuhe, geht es ins Schwimmbad, in dem eine Ecke als Whirlpool ausgerichtet ist. Eine riesige Spiegelwand lässt diesen Pool doppelt so groß erscheinen. Edle Liegestühle aus gediegenem Holz, mit teuren Auflagen laden in den Felsnischen zum Ruhen ein, und im weiten Rund hinter dem Barraum, der zu dieser Stunde nicht geöffnet ist, stehen weitere zahllose Ruhesessel. Wir werfen heute nur einen Blick in das dahinterliegende Saunabereich, denn wir müssen uns beeilen, um auf unser Zimmer zu kommen, in dem wir uns in Schale werfen wollen, denn es ist Sonntag, und ich erkläre meinem Mann, dass man in solchen Etablissements zum Viergangmenü vermutlich gediegenvornehm angezogen sein muss. Dementsprechend schweben wir dann zum dritten Mal mit dem Lift wieder in die Tiefe, und erreichen den Speisesaal, der auf Grund der frühen Abendstunde, – es ist erst 18.30 Uhr – nahezu leer ist. Sofort stürzen sich eine im dunkelblauen Outfit gekleidete junge Frau und ein ebenso edel ausstaffierter Kellner auf uns. Großzügig überlassen sie es uns, welchen Tisch wir bevorzugen.

„Darf ich Ihnen die Weinkarte bringen?"

„Danke, wir trinken keinen Alkohol!" Die Antwort von uns kam "stereo".

„Wir möchten gern ein stilles Wasser!" Mit dieser Bitte versuche ich das Thema abzukürzen, bevor die junge Frau womöglich aufzuzählen beginnt, was das Haus an alkoholfreien Getränken hergibt.

Der Kellner kommt mit der Menükarte, legt sie zwischen uns und erklärt:

„Heute Abend bieten wir Ihnen ein Viergänge-Menü an, würden Sie bitte nachlesen, ob Ihnen die Speisen genehm sind?"

Und dann rollt ein Teller mit Salat an, verziert mit Tomaten und Eiern. Gerd atmet tief ein, hält die Luft lautlos an und beäugt das Sammelsurium diverser Salate, und während sein Kopf in der geneigten Stellung bleibt, schielt er neugierig zu mir hin. Im Nachhinein, während ich die Situation hier beschreibe, stelle ich fest, mein Australier, der in seinen jungen Jahren, im zweiten Weltkrieg, einmal ein wohlerzogener deutscher Leutnant gewesen ist, beweist hier, dass er noch immer alle Situationen meisterhaft beherrschen kann, ohne unangenehm aufzufallen, – ganz im Gegensatz zu mir.

„Allmächtiger! Verwechseln die uns mit Hasen?" Ich kann mich im Zweifelsfall nie so richtig vornehm benehmen, obgleich meine geplagten Eltern auf meine Erziehung den größten Wert gelegt und keine Mühen und Kosten gescheut haben, um ein passables Ergebnis zu erreichen. Ich stochere in den Salatsorten herum, fische die

Tomaten, Eier und *Croutons* heraus, denn sie sind für mich das einzig essbare.

„Dies ist genau solch ein Salatteller, wie man ihn heute überall bekommt, und wie wir ihn eigentlich beide absolut nicht mögen!" Wenn mir etwas nicht passt, kann ich das nicht schweigend über mich ergehen lassen, und dabei schiele ich Gerd an.

„Aber das Dressing ist recht schmackhaft!"

Ich sehe, wie Gerd, nachdem er diesen gottergebenen Satz ausgesprochen hat, die langen Blätter und Grasbüschel in den hierfür viel zu kleinen Mund schiebt und dann tapfer kaut. Jetzt fehlt nur noch, dass er sagt, „was man bezahlt hat, isst man auch!", aber diesmal warte ich umsonst auf diesen Kommentar, weil man, als wohlerzogener Mensch, mit Hasenfutter im Mund nicht redet.

Hier muss natürlich berichtet werden, dass wir beide typische *Eine-Sorte-Salatesser* sind, wie das früher – zu unserer Zeit – üblich war. Wir sind beide der Meinung, wenn man Salat essen will, dann möchte man Kopfsalat, Endiviensalat, oder Feldsalat, möglichst mit Zitrone oder Essig, Öl, Salz und Kräutern angemacht.

Mein einziges Zugeständnis an die Moderne sind diese *Croutons* – in Gottes Namen! Aber solches Sammelsurium – ich schiebe den Teller zurück und trinke demonstrativ mein Wasser.

„Darf ich abräumen?"

„Ja, bitte!" Mein Teller mit dem gesamten Hasen-futter verschwindet in der Küche.

Der Kellner serviert in einem hohen Stielglas etwas smaragdgrünes, schaumiges. Mein bürger-licher, handfester Geschmack lässt mich zunächst vorsichtig mit dem Esslöffel eine Probe nehmen.

„Huch! Das ist ja warm!"

„Und was ist das?"

„Keine Ahnung! Irgendetwas kräuteriges", ich schmatze leise vor mich hin, um näheres zu er-kunden, „ich muss zugeben, es schmeckt nicht schlecht, ist vermutlich sehr vitaminreich. Probier mal!"

Gerd löffelt, nickt, und meint so nebenbei:

„Es sieht aus wie Grüne-Soße-Suppe, schmeckt aber wirklich gut."

Nachdem die leeren Gläser verschwunden sind, wendet sich unsere Begehrlichkeit dem Haupt-gang zu: *Lammfilet mit Röstkartoffel in Pilzrahmsoße* und diversen Pilzen. Gerd hatte beim Lesen der Speisekarte bei dem Wort *Lamm* eine leicht abwehrende Bewegung gemacht, was der ge-schulte Kellner natürlich sofort wahrgenommen hatte. Das Ergebnis: An Stelle des Lammbratens liegen zwei zartrosa Stücke Rinderfilet auf dem Teller.

„*Hmmm!* Das schmeckt hervorragend!" Er kaut genussvoll.

„Dieses Lammfilet zergeht ebenfalls auf der Zunge. Willst Du es nicht mal versuchen?"

„Nein, nein, lass mal, ich bin völlig zufrieden."

Gerds Aversion gegen Lammfleisch tendiert aus seinen ersten Tagen in Melbourne, als er aus Ersparnisgründen ein möbliertes Zimmer mit Frühstück gemietet hatte, und die Wirtin ihm allmorgendlich zum Frühstück ein fettes Lamm-kotelett, durchgebraten, mit Brot vorsetzte, und dazu eine Kanne Tee.

„Eigentlich bin ich jetzt schon gesättigt, hoffentlich bringt man uns nicht noch ein aufwendiges Dessert." Gerd setzt sich kerzengerade und atmet hörbar aus.

„In solch einem Hotel bekommt man immer viele Gänge, aber überhaupt niemals etwas *Aufwendiges*. Natürlich wird uns noch ein Dessert serviert!"

Es ist keine Biestigkeit, die mich das sagen lässt, sondern plötzlich so ein Hochgefühl, auch einmal eine vornehme Dame im Fünf-Sterne-Hotel zu sein.

Die Teller, die uns dann vorgesetzt werden, sind eigentlich kleine Platten, und auf ihnen ruhen jeweils eine verängstigte Kugel Vanilleeis, umgeben mit flüssiger Schokolade und Pistazien. Es schmeckt köstlich.

Wir haben die vier Gänge problemlos gemeistert, die Flasche Wasser ist leer. Diskret erscheint der Kellner, um sich eine Unterschrift dafür geben zu lassen, dass wir diese Flasche Wasser getrunken haben, denn die Getränke gehen *aufs Zimmer*, was so viel heißt, dass man dafür nur einmal, und zwar am Ende des Aufenthalts bezahlt.

Er wünscht uns am Ende einen schönen Abend und schwebt davon. Wir suchen den Weg zurück in unseren feudalen Schlafraum. Das ist gar nicht so einfach, denn wir müssen erst ein Stockwerk nach unten fahren, dann über einen langen Seitengang laufen, vorbei an hundert und mehr kleinen Schnapsfläschchen, die aufgereiht hinter Glas davon Auskunft geben, welch vielfältige Möglichkeiten es gibt, sich handfest zu besaufen, um dann vor einem zweiten Lift zu stehen, der uns lautlos in die dritte Etage schweben lässt. Wir rauchen auf dem kleinen Balkon, in den bequemen Sessel unsere Zigaretten, bevor wir uns dann aber in das Schlafgemach zurückziehen, denn gegen Abend wird es nun doch kühl.

„Na, dann lass uns mal gespannt sein, was der morgige Tag bringt!"
Der Film im Fernsehen ist zu Ende.
„Gute Nacht, mein Schatz!" An dem Ritual am Abend ändert sich auch in einem Fünf-Sterne-Hotel nichts. Die Betten sind göttlich und wir ahnen, dass wir einem vermutlich ereignisreichen Tag entgegenschlafen.

Die Uhr auf meinem Handy zeigt auf acht Uhr.
„Gerd, wir müssen aufstehen!"
„– *Hmmmm*!"
„Nix *hmmmmm*!, ich habe um 10 Uhr meinen Kosmetiktermin, und vorher müssen wir gefrühstückt haben, sonst bekommen wir nichts mehr.

Du wolltest doch schwimmen gehen, während ich behandelt werde, also komm, steh auf!"

Das Frühstücksbüfett ist so reichhaltig, als wäre das Hotel bis auf das letzte Zimmer komplett besetzt. Es gibt nichts, was es nicht gibt. Mit seiner hohen, schneeweißen Kochmütze steht ein junger Koch hinter einem der Tische und wartet diskret, ob er aus den vielfältigen, warmen Speisen etwas anbieten kann. Ich nehme mir einen großen Teller greife mir zwei der ganz normalen, knusprigen Brötchen, lege vier der in Eiswasser schwimmenden kleinen Butterröschen daneben und vier Scheiben der ganz normalen, ovalen Salamiwurst und zur Feier des Tages ein gekochtes Ei. Mit dieser, für mich eigentlich doppelten Ration schreite ich gravitätisch an dem arbeitslosen jungen Koch vorbei und nehme unter den Augen der jungen Serviererin Platz, die sofort herbei eilt und fragt:

„Möchten Sie Kaffee oder Tee?"

„Zwei Mal Kaffee, bitte!"

Gerd, ein kleines Schüsselchen in der Hand, wandert im Schneckentempo an dem nicht enden wollenden Angebot der diversen Tischen entlang. Endlich sitzt er neben mir, hat Haferflocken mit Milch und Obst vor sich und meint kopfschüttelnd:

„Von diesem Angebot auf diesen Tischen kann man eine ganze Kompanie versorgen – das ist ja unglaublich! Was machen die nur mit dem, was übrig bleibt?"

„Ich wage gar nicht, darüber nachzudenken." Ich quäle mich mit der knochenharten Butter ab, die sich nicht schmieren lässt. „Aber mir geht es wie Dir, und ich denke dabei fatalerweise immer an kleine, schwarze Negerkinder und die vielen Menschen auf dieser Welt, die froh wären, irgendetwas essbares zu haben."

„Nun schau Dir doch einmal an, wie leer dieser Frühstückssaal ist! Gerade einmal vier Tische sind besetzt. In solch einem Hotel muss man doch wenigstens Angebot und Nachfrage im Auge behalten. Man kann doch nicht dreiviertel dieser aufgeschnittenen Würste, des Käses, und der warmen Speisen wegwerfen!"

„Ich weiß es nicht, mein Schatz! Wir befinden uns momentan nicht in der Gesellschaft unserer gutbürgerlichen Kreise, sondern wir wurden für achtundvierzig Stunden in die elitäre *Upperclass* katapultiert, deren Gepflogenheiten wir – Gott sei Dank! – nicht kennen müssen. Wie auch in den Lebensmittelläden, müssen Hotels und Restaurants von Gesetzes wegen alle nicht steril verpackten Lebensmittel, die nicht verkauft wurden, oder in die Küche zurückkommen, entsorgen; soweit kenne ich mich aus, aber ob nun tatsächlich nach 11.30 Uhr, wenn hier abgeräumt wird, dreiviertel des Frühstücksangebotes in den Mülleimer fliegt, oder ob es wenigstens dem Personal erlaubt ist, diese Köstlichkeiten mit nach Hause zu nehmen, das weiß ich nicht."
Gerd hat sein Müsli aufgegessen und erhebt sich.

„Na, dann will *ich* mal die Entsorgung vornehmen."

Ostentativ "köpfe" ich mein Ei, wie ich es immer
tue, obgleich ich weiß, dass dies nicht der feinen
englischen Art entspricht, und bin angenehm
überrascht, dass ich, entgegen der Regel, tatsächlich ein weichgekochtes Ei vor mir habe, und
kein knochenhartes, wie in den meisten Hotels
mit weniger, oder keinem Stern. Spätestens in
diesem Moment weiß ich, den Unterschied zu
schätzen.

Wenig später sagt mir ein Blick zur Uhr, es wird
Zeit, den Kosmetiksalon aufzusuchen.

„Du kannst in Gemütsruhe zu Ende frühstücken, ich muss gehen; schwimm mal schön,
wir treffen uns dann im Zimmer!"

Die beiden Damen von gestern Abend empfangen mich im *Wellness-Bereich*, die eine geleitet
mich nach nebenan, in den *Beauty-Bereich* und
macht mich mit einer freundlichen, jungen Dame
bekannt, die mich nun behandeln soll. Da ich seit
mehr als fünfzig Jahren an Kosmetikbehandlungen gewöhnt bin, genieße ich die nächsten
zwei Stunden als etwas normales, und – lernfähig,
wie ich zu sein scheine – muss ich zugeben, dass
bestimmt einige Frauen meiner Generation dies
auch schon als überflüssig und elitär ansehen.
Und so kommt es, dass ich, berieselt von leiser,
fernöstlicher Musik, mich gedanklich den Gästen
des Fünf-Sterne-Hotels um einige Millimeter
nähere.

Ich nehme mir vor, meine Umgebung ab sofort
etwas neutraler und unvoreingenommener zu
betrachten, denn schließlich kann ja niemand
etwas für das Umfeld, in das er geboren wird,
oder in das er im späteren Leben hineinwächst.
Gerd ist bereits schon wieder aus dem Schwimmbad zurück, als ich in unser Zimmer komme. Er
sitzt auf dem Balkon, raucht seine Zigarette und
liest.
„Hast Du diesen Schwimmbad und Saunabereich
schon einmal richtig erkundet?"
„Nein! Wann denn? Ich hatte eine Kosmetikbehandlung, und dazu keine Zeit."
„Na! – Diesen Saunabereich musst Du Dir einmal richtig ansehen! Und kein Mensch war dort
unten zu sehen, – kein Mensch!"
„Ich habe mich mit der Kosmetikerin über die
Anzahl der Gäste unterhalten. Sie sagte, das
Hotel sei ab Herbst stets gut belegt, und viele
Gäste kämen über Weihnachten und Neujahr,
und dann sei es kontinuierlich bis Ostern gut
belegt. Anschließend habe ich mir überlegt, in
einhundertfünfzig Zimmern kann man maximal
dreihundert betuchte, wellnessfreudige Menschen
unterbringen. Ob und wie diese hochkarätigen
Etablissements im Lauf eines Jahres ausgebucht
sind, davon habe ich natürlich keine blasse Ahnung."
„Meines Erachtens sind solche Hotels nie ganz
ausgebucht. Wenn ich diese vielen Speisesäle

betrachte, frage ich mich, wer da wann sitzt. Das ist alles etwas übertrieben."

„Es ist doch großartig, dass wir ein solches Hotel mit allen seinen Extravaganzen einmal besuchen können, auch wenn es natürlich niemals unserer Kategorie entsprechen wird."

„Na ja! Warten wir's mal ab, was man uns an diesem Nachmittag noch alles bietet!"
Während ich mir angestrengt überlege, was er mit diesem letzten Satz hatte sagen wollen, steht er auf und verschwindet im Badezimmer.

Um 14.30Uhr begeben wir uns nun gemeinsam, in die blütenweißen Bademäntel gehüllt, auf leisen Schlappschuhen, wiederum in den Wellness-Bereich, werden von einer beneidenswert schlanken, jungen Frau empfangen und, am Kosmetiksalon vorbei, in den *Wannenbereich* geführt. Sie öffnet die Tür, und wir stehen vor einer erhöht angebrachten, breiten Badewanne, in die sie für uns bereits das Wasser eingelassen, und diesem eine milchige Essenz beigemischt hatte. Unsere Begleiterin ergreift einen kleinen Korb, entnimmt ihm dunkelrote Rosenblätter, die sie elegant in das Badewasser flattern läßt, während sie meint:
„ So badete Kaiserin Sissi von Österreich einst täglich, und sie war ja bekannt dafür, eine wundervoll zarte Haut zu haben. Sie werden es genießen;" und zu mir gewand, „Darf ich zunächst

Ihnen in die Wanne helfen, und dann Ihrem Gatten?"

„Nein, – nein danke, das schaffen wir noch sehr gut allein, – vielen Dank!"

„Dann lasse ich Sie jetzt allein und wünsche Ihnen eine gute Entspannung. Nach zwanzig Minuten klopfe ich kurz an, denn ich rate unseren Gästen immer, sich anschließend noch zehn Minuten dort auf der Liege auszuruhen. Anschließend bekommen Sie ja beide noch eine Massage." Und bevor sie die Tür von außen schließt, haucht sie nochmals leise: „Eine gute Entspannung!"

„Danke, vielen Dank!"

Ich drehe mich um; Gerd steht wie zur Salzsäule erstarrt und blickt auf die schlaff im trüben Badewasser trudelnden Rosenblätter.

„Na, – come on, darling! Zieh den Bademantel aus und steige in das Sissibad, auf dass Deine Haut samtweich wird, wie die Meine!" fordere ich ihn auf und steige mit dem ersten Fuß in das angenehm warme, aber unglaublich glitschige Wasser, in dem ich sekundenschnell ins rutschen komme.

„Gerd!! *Aaahhhhh*! "

Während Gerd fassungslos, wie zur Salzsäule erstarrt neben der Wanne steht und mich offenen Mundes anstarrt, lasse ich mich fallen und rutsche umgehend erbarmungslos mit dem Körper der unteren Wannenhälfte zu, auf dass mein Haar umgehend ölig und glitschnass wird. Nur mühsam gelingt es mir, mich mit der rechten Hand am den Wannenrändern fest zu halten.

„Nun komm doch endlich rein, ich gehe ja hier allein völlig unter!"

Gerd wirft einen letzten, leicht verzweifelten Blick auf das über der Badewanne an der Wand hängende Bild der schönen und berühmten österreichischen Kaiserin Sissi, schüttelt, warum auch immer, schweigend den Kopf und beweist dann, dass er einst in Frankfurt geboren und einige Jahre dort gelebt hat, als er im schönsten Frankfurter Dialekt den Satz von sich gibt: *"Des sin ja alles Ferz mit lange Säbel,* sagt der Frankfurter!"* Und mit dieser eher negativen Benotung der Situation taucht er mit aller Vorsicht den Fuß ins glitschige Nass, konzentriert sich voll, um nicht abzurutschen, und beendet das Tauchmanöver schließlich mit einem langgezogenen: „*Aaahhhh*!", bevor wir für einen Moment schweigend den Klängen der Glöckchenmelodie lauschen. Entspannte Ruhe ist uns nicht gegönnt. Wir liegen, ständig nach Festigkeit trachtend, in dem warmen, trüben Wasser, auf dem die roten Rosenblätter ob unserer ständigen Bewegung beneidenswert elegant herumtreiben, ehe das eine oder andere Blatt sich an einem Bein, einem Arm oder am Hals festsetzen.

Die zarte Musik, die stereo von überall her zu kommen scheint, schafft es zumindest bei uns nicht, die angepriesene Entspannung zu verschaffen. Der Kampf um's überleben im Wasser einerseits, und die Angst vor einem Ausrutscher beim irgendwann nicht zu umgehenden Ausstieg andererseits, treibt uns beide bereits nach 12 Minuten dazu, dem grausamen Spiel ein Ende zu bereiten. Mit erheblicher Konzentration, gegenseitiger Hilfe und ständigen „*Vorsicht!*"-Rufen schaffen wir den Ausstieg, schlüpfen in die hoteleigenen Bademäntel und tappen vorsichtig auf glitschigen Füssen zur Ruheliege, auf der wir uns dann, erschöpft aber glücklich, wie nach einer bestandenen Prüfung, nieder lassen. Einige Minuten später kommt, nach einem vorsichtigen Klopfen, unsere Betreuerin herein, ist erstaunt, dass wir bereits dem Bad entstiegen sind, und fragt, während sie den Stöpsel aus der Wanne zieht:

„Ich hoffe Sie hatten ein entspannendes Erlebnisbad?"

„Danke, ja, – es war wirklich ein Erlebnis!"

Mit dieser Antwort habe ich sowohl der Höflichkeit, als auch der Wahrheit die Ehre gegeben. Ich bin immer schneller mit einer Antwort bei der Hand, als mein Mann, schon allein deshalb, damit Gerd nicht womöglich einen seiner Knüller loslässt, wie zum Beispiel die Sache mit den *langen Säbeln.*

„Welcher Badezusatz macht denn das Wasser so milchig und weich?"

Es gibt Dinge, die Gerd keine Ruhe lassen, die *muss* er wissen.

„Das ist *Sahne!*"

„–?– Süße oder saure Sahne?" Gerds Gesicht ist tot ernst und toppinteressiert.

„*Süße* Sahne!" Die junge Frau nimmt ihn doch tatsächlich ernst, freut sich sogar sichtlich über das Interesse dieses älteren Herrn, und hat keinerlei Verdacht, er könne sie womöglich vergackeiern . Lächelnd verlässt sie uns.

Ich stehe auf, blicke in die Wanne, aus der das Wasser lautlos versickert, und am Ende die verschrumpelten roten Rosenblätter wie Blutstropfen an den Wänden und auf dem Boden kleben.

„Ob diese Sissi auch mit ihrem Franz Josef zusammen gebadet hat?" Ich blicke von einer Wand zur anderen, von der ernst und souverän die Majestäten auf uns herunterblicken.

„Kaum! Die Leute lebten doch in der guten alten Zeit, in der noch Sitte und Anstand herrschte! "

„Wieso, die waren doch ebenso verheiratet wie wir! Und außerdem, willst Du damit behaupten, wir benehmen uns unsittlich und ohne Anstand?"

„Nein, – nur gefährlich!"

Duftend und weich begeben wir uns in die Massage und Gymnastikabteilung. In zwei riesigen Räumen stehen drohend Foltergeräte, die unserer jungen und mittelalterlichen Generation dazu dienen sollen, die Muskeln zu stärken, die Bäuche wegzutrainieren, und damit jung und dynamisch zu wirken. Zwei Masseurinnen erscheinen, eine schnappt sich Gerd und verschwindet mit ihm, die andere geht mit mir in einen anderen Massageraum. Eine halbe Stunde später haben Gerd und ich alle Wohltaten dieses Wochenendes hinter uns. Wir fahren in unser Zimmer, ich gehe unter die Dusche, denn meine Haare kleben noch von dem Sahnebad.

Unser Dreigangmenü nehmen wir an diesem Abend in der rustikalen Bauernstube des Hotels ein. Die Holzwände, die farblich zu der Holz-decke passen, machen den Raum warm, und die Möblierung ist materialmäßig und farblich an-genehm abgestimmt. Das Essen ebenfalls zünf-tig, und wir fühlen uns ausgesprochen wohl. Die Bedienung ist außerordentlich kompetent, sehr freundlich und ständig um uns bemüht. Sie ser-viert eine gut abgeschmeckte Tomatencreme-suppe mit Croutons als Entrée, bevor sie uns vor die Auswahl des Hauptgerichts stellt: entweder Zander oder Putenfilet, wobei wir auch zwischen den Beilagen wählen können, zwischen gebacke-nen Kartoffeln oder Reis, Bohnen oder Salaten. Das Dessert, am Ende, besteht aus einer Mohn-kugel neben dem mit Schokoladensauce verzier-ten Vanilleeis. Es ist schade, dass auch hier nur vier Tische besetzt sind. Wir genießen unseren letzten Abend ausgiebig, bevor wir diesen über-aus ereignisreichen Tag beenden.

Am nächsten, dem letzten Morgen blinzelt die Sonne durch die schweren dunklen Vorhänge und erlaubt mir einen Blick auf die Armbanduhr.

„Gerd, es ist fast 8.00 Uhr! Wir wollten doch vor dem Frühstück schwimmen gehen!"

„*Pffffff! Aaaooouuu!* – Ja, – dann, – müssen wir ja wohl!"

Wir begeben uns, mittlerweile schon wie weltgewandte *first class* Hotel-Bewohner, auf den Weg in den Wellness-Bereich und begegnen keinem Menschen, weder Gästen noch Personal. Das Hotel scheint wie ausgestorben. Das Schwimmbad gehört uns allein, und wir kosten alles genüsslich aus.

„So! Und nun kommst Du mal mit in den Saunabereich."

Ich laufe gespannt hinter meinem Australier her und kann mir schon denken, dass er, der in den Jahren zwischen 1950 und 2000 im fünften Kontinent natürlich solche Dinge nie gesehen hat, mit dem Luxus unseres europäischen Kontinents überfordert ist.

„Sieh Dir diese Liegelandschaft an, diese Grotten, Duschen und Sprudelbäder – und die Sauna! – Und kein Mensch benutzt das alles."

„Gerd! Das hatten wir schon! Momentan ist keine Hochsaison,—„

„Ach was! Ich bin nun zum dritten Mal hier unten und habe nie einen Menschen gesehen!"

„Na und? Sollen deshalb die Betreiber diesen Bereich abreißen lassen?"

„*Aaachchchch*!"

Ich muss jetzt vorsichtig sein, damit wir uns nicht in die Wolle bekommen, denn Gerd versteht keinen Spaß, wenn er glaubt auf Verschwendung zu stoßen. Auf diesem Gebiet wird ihn vermutlich seine solide, ostpreußische Vergangenheit, deren Ende die Flucht, und damit der Verlust war, bis an sein seliges Ende begleiten. Er ist letzten Endes ein Kind seiner Zeit, der Spross einer soliden Bürgersfamilie, wie ich auch, und deshalb haben wir Probleme, wenn es darum geht, Geld unnütz auszugeben. Und deshalb lenke ich ein.

„Wie dem auch sei, Du musst doch zugeben, dass hier alles sehr einladend und gepflegt ist, und den Menschen angepasst, die hier Erholung suchen und schließlich dafür auch ein Schweinegeld ausgeben."

„Eben! Das ist doch ein Wahnsinn!"

Ich hole tief Atem und breche das Thema ab.

„Komm, wir müssen uns anziehen, packen, frühstücken, und ich muss noch zur Rezeption, wegen der Endabrechnung."

Zum letzten Mal wandern wir auf dem uns nun bekannten Weg zwischen Zimmer und Wohlfühl-Bereich, machen uns reisefertig und packen unsere Klamotten in den großen Koffer, den wir noch vor dem Frühstück über die diversen Flure und Lifte in die Tiefgarage rollen und in unserem Auto verstauen. Als wir gelassen und souverän heute unser Frühstück etwas großzügiger zusammenstellen, habe ich das Gefühl, dass wir in den drei Tagen gelernt haben, uns in den "vornehmen Kreisen" zu bewegen.

An der Rezeption erleben wir eine Überraschung. Nach den üblichen Fragen der jungen Dame im dunkelblauen Kostüm, wie es uns gefallen habe, und ob wir gedenken, ein solches Wochenende baldmöglichst zu wiederholen, kommt sie zu einem für sie wichtigen Thema:

„Leider konnten wir Ihnen die Aryuveda-Behandlung nicht liefern, da der einzige Bademeister, der dies beherrscht, an diesem Montag dienstfrei hatte."

„Ja, das haben wir doch geklärt! Dafür haben wir unten, bei den Damen im Wellness-Bereich, diverse Anwendungen umgestellt."

„Gewiss, aber da ist noch ein finanzieller Überschuss, Sie und Ihr Gatte hätten zum Beispiel noch eine Massage erhalten können, oder ein Wannenbad. Die Aryuveda-Behandlung ist die teuerste Buchung gewesen."

Ich blicke etwas irritiert, bevor ich dann erwidere: „Ja, wie soll ich das verstehen? *Sie* haben mich doch in den Wellnes-Bereich geschickt, um alle Behandlungen festzulegen. Die beiden Damen da unten haben zu zweit hin und hergerechnet, und dann die Festlegung der Behandlungen getroffen, die alles abdecken würde. Für uns blieb diesbezüglich kein Einspruch, denn wir wurden über die Preise nicht orientiert, wir verließen uns auf die Verrechnung.. – Was machen wir nun?"

„Ich kann die auf Ihr Zimmer geschriebenen Rechnungen für Getränke und die Minibar mit dem Überhangbetrag verrechnen, aber dann

bleibt immer noch ein Betrag von € *32.*-; dürfen
wir Ihnen dafür einen Gutschein geben, den Sie
bei einem weiteren Besuch in unserem Hotel
dann einlösen können?"

„Haben Sie einen Fond für die Angestellten, in
den Sie diesen Betrag einlegen könnten?"

Das Gesicht der Frau entspannte sich.

„Das ist aber sehr großzügig, ja, natürlich haben
wir das. Vielen Dank im Namen unserer Damen
und Herren."

Irgendwie habe ich das Gefühl doch weltgewand-
ter zu sein, als ich gedacht habe.

„Ihr Gepäck...„

„...ist bereits im Kofferraum, danke. Wir brach-
ten es vor dem Frühstück nach unten."

Wir geben die goldenen Zimmerkarten ab, ich
unterschreibe, dass alles ordnungsgemäß über die
Bühne gegangen ist, lasse mir die Parkkarte frei
schalten und dann verlassen wir die Stätte unserer
neuen Erfahrung.

Die Fahrt durch die Stadt Marburg zeigt mir, dass
ich auch mit nun achtzig Jahren noch genügend
Konzentration besitze, um ein nicht ganz kleines
Auto durch enge Strassen, Kurven, Höhen und
Tiefen zu steuern, ganz abgesehen von der unglaublich alpinen Auffahrt zum *Landgrafen Schloss*,
das hoch über der Oberstadt von Marburg liegt.
Es ist 15 Uhr, als wir wieder auf der Autobahn
sind, um die heimatlichen Gefilde anzusteuern.

„So, – wieder eine Erfahrung mehr, die wir machen durften. Es war doch eigentlich sehr schön und interessant, – oder?" Ich möchte jetzt wissen, wie Gerd antwortet.

Er holt tief Luft, und sagt dann fest und deutlich:

„Ja, es war gut, dass man das einmal erlebt hat. Man kann wenigstens mitreden, wenn irgendwann irgendwer einmal dieses Thema behandelt, – aber ich könnte nicht sagen, dass man das unbedingt braucht."

„ – *Was* braucht man schon? – Aber: Du hast recht! Wir sind halt ein altes Storchenpaar aus der alten Zeit, in der man anders gelebt hat. Bei Dir kommt noch hinzu, dass Du nach dem Untergang unserer Welt, nach dem zweiten Weltkrieg schon bald dieses Land verlassen, und auf der anderen Seite der Welt in einem völlig anderen Leben gelebt hast. Es fehlen Dir hier in Deutschland diese Jahre, in denen Du nicht miterlebtest, wie Deutschland in zwei Hälften zerfiel, in eine östlich-kommunistische und eine westlich-amerikanische Welt. Du hast im Frühjahr 1951 ein noch größtenteils zerstörtes Land verlassen, das Dir nach zehn Jahren, als Du zum ersten Mal zurück kamst, um dort staunend Urlaub zu machen, fremd geworden war. Dir fehlen die Jahre des Aufbaus, des Umdenkens, und Du kennst nicht die Menschen, die während der fünfzig Jahre für uns bekannte Persönlichkeiten der Politik, der Wirtschaft oder der Kunst geworden sind. Dir fehlt aber besonders das Erleben der heißen Sechzigerjahre des "Umsturzes", die unsere Jugend veranstaltet hat und durch die Menschen in diesem Land eine neue Prägung erfahren sollten. In diesen Jahren ist das Denken und Handeln der alten Generation untergegangen, und die altersmäßige "Zwischengeneration", also wir, gerieten zwischen die Zeitläufe. Menschen unseres Alters hatten einige Jahre lang in der alten Tradition gelebt, waren nach dem Krieg noch jung genug, um uns zeitgemäß umzustellen, standen aber dann in den "Sechzigern des Umsturzes" zwischen allen Linien. Kein Mensch will und kann dauernd umlernen. Unsere Jahrgänge lebten in diesem Land ständig zwischen den Zeiten und den Generationen. In den neun Jahren, in denen wir nun zusammenleben, habe ich alljährlich immer einige Monate in Australien gelebt und dadurch hautnah den Unterschied im Leben der Menschen hier und dort erfahren. Es sind zwei Welten, Europa und Australien. Während sich die wenigen Einwohner des fünfen Kontinents kontinuierlich auf Grund einer staatliche Überwachung der Einwanderungsbehörde langsam vermehrten, veränderte sich das Leben der Menschen ebenfalls, zugegeben, aber es ist ein weites, freies, reiches Land, in dem sich die Einwanderer eines ruhigen, gesicherten und geordneten Lebens sicher sein können. Schau Dir dagegen Europa an, ein ständig in Veränderung brodelnder Kontinent, in dem eine vielfältige Völkerwanderung für Irritationen sorgt, mit und ohne Krieg."

Gerd hört sich das alles nachdenklich an. Schließlich nickt er zustimmend und meint in seiner gelassenen Art:

„Ja, ich glaube da hast Du recht! Trotzdem! Du glaubst gar nicht, wie froh ich bin, dass ich wieder in dieses Land zurückkehren durfte, und dass wir die letzten Jahren unseres Lebens nun hier gemeinsam in Deutschland verbringen können. So lange wie wir noch gemeinsam verreisen können, wollen wir es genießen, und so gesehen, haben wir mit dieser Reise eine neue Erkenntnis gewonnen."

Zur Autorin:

Hanne Wagner-Hosch (80) lebt mit ihrem Ehemann Gerd (83) in Oberursel im Vordertaunus. *Ein altes Storchenpaar auf Reisen* ist bereits Hanne Wagner-Hoschs dritte Veröffentlichung. Zur Zeit arbeitet sie an ihrem neuen Buch, einer großen Familiensaga.